# DE SILENCE ET DE LOUP

Né à Nantes en 1961, Patrice Gain est ingénieur en environnement et professionnel de la montagne. Il est l'auteur de plusieurs romans très remarqués : *La Naufragée du lac des Dents blanches* (prix Récit de l'ailleurs 2018), *Denali* (prix du polar *Sud Ouest*/ Lire en poche 2021), *Terres fauves* (prix du festival du polar de Villeneuve-lez-Avignon 2019), *Le Sourire du scorpion* (prix Quais du polar 2021), *De silence et de loup* et *Les Brouillards noirs*.

*Paru au Livre de Poche :*

DENALI
LE SOURIRE DU SCORPION
TERRES FAUVES

PATRICE GAIN

# *De silence et de loup*

ROMAN

ALBIN MICHEL

ISBN : 978-2-253-19561-0 – 1re publication LGF

*Pour ma fille Charlotte*

« Je suis un convalescent de la minute qui passe. »

Fernando Pessoa, *Opium à bord*

*7 janvier 2019, spaciement*

Enfin il neige. Il vente un air vif et froid. L'été avait fauché l'automne et semblait déterminé à poursuivre sa moisson avec l'hiver. Un été trop chaud, trop enflammé, trop enjôleur, presque obscène, qui rendait l'obscure froidure de l'ermitage difficile à supporter. Maintenant, tout est en harmonie : le ciel, les murs nus et suintants, le silence tombal et l'abyssale solitude.

C'est un lieu sans wifi, sans instrument de musique et sans courrier. Jamais autre chose que des articles découpés dans des journaux ayant trait à un événement majeur dans le monde, comme une catastrophe industrielle, un tsunami ou, plus récemment, l'intervention de Greta Thunberg à l'ONU, accompagnés d'un texte récapitulatif rédigé par un membre de la communauté. Ces missives ouvrent sur des sujets de réflexions théologiques imposés par le Prieur, comme : « Greta est-elle, par sa détermination à faire entendre sa parole aux puissants de ce monde, l'un des prophètes de notre temps, comme l'ont été, dans l'Ancien Testament, Isaïe, Jérémie, Ézéchiel, Daniel et Jean Baptiste ? » Le pli reçu par Dom Joseph et qu'il tient entre ses mains est beaucoup plus volumineux et d'une tout autre nature. Il lui a été remis par une femme qui l'a abordé lors du spaciement, la promenade hebdomadaire hors des murs du monastère. Elle est sortie d'un bosquet d'arbres, et lui a flanqué le paquet dans les mains tandis qu'il tentait de rabouter le lacet d'un de ses vieux brodequins en cuir. Elle a chuchoté : « C'est Anna qui vous l'envoie », avant de disparaître aussi furtivement qu'elle était apparue. Dom Joseph a été interloqué par cette brusque intrusion dans son érémitisme. Intrigué par son nom civil aussi, Sacha Liakhovic, écrit sur l'enveloppe. Il y avait quelque temps déjà que plus personne ne l'appelait Sacha. Quand on entre au monastère, on abandonne tout : son nom, sa famille, ses biens, son éventuelle fortune et ses amis. Il a glissé le pli sous sa tunique, après s'être assuré qu'aucun moine ne soit dans le secteur. Anna est le prénom de sa sœur. Elle venait le voir les premières années de son noviciat, deux fois l'an, lors des quelques heures que l'ordre autorise avec les proches sur les chemins forestiers situés à l'extérieur de l'enceinte du monastère. Pas même un repas à partager. Mais Anna ne s'était plus manifestée depuis près de deux ans déjà. Il n'avait que la prière et la confiance qu'il place en Dieu pour l'espérer heureuse et en bonne santé. Son cœur battait à se rompre. La tête lui tournait. Il n'avait pas connu pareille émotion depuis bien longtemps. Pour la première fois, la promenade lui a semblé longue. « Interminable » est le mot juste. Lorsque la cloche du monastère a sonné, il a prestement levé la capuche de son scapulaire pour cacher son trouble et s'est dirigé vers la lourde porte de la Grande Chartreuse. Cinq moines attendaient déjà en battant des pieds. Le bas de leur tunique était maculé de boue. Il a regardé la sienne. Sa promenade en forêt ne l'avait pas épargnée. Les autres moines n'ont pas tardé. La porte s'est ouverte et ils sont entrés dans l'enceinte. Un autre monde. L'eau de la fontaine formait une stalactite au bout de chacune de ses quatre bouches. Les moines ont quitté leurs godillots avant de poursuivre leur chemin dans le grand cloître. La pierre froide était désagréable sous les pieds nus. Il n'y avait que peu de temps avant les vêpres. Dom Joseph s'est hâté de regagner sa cellule. Dans le silence tonnait sa faute, son entorse faite aux règles de vie cartusienne. Il a sorti la large enveloppe, n'a pas osé l'ouvrir tout de suite. Il lui semblait qu'ainsi, tant qu'elle resterait fermée, sa faute ne serait pas consommée. C'est au retour des vêpres qu'il l'a décachetée, après avoir récupéré dans le guichet son repas préparé par les frères convers. Il savait que rien ne viendrait troubler sa quiétude jusqu'aux matines, chantées à minuit, dans l'obscurité de la chapelle.

C'est un carnet de voyage, avec une reliure en cuir craquelée comme celle d'un incunable. Il semble avoir traîné dans tous les recoins du monde avant d'arriver jusqu'à sa cellule. Sur la première page, en haut à droite, il est écrit : « Anna Liakhovic – À Zora, ma Belette, elle était mon ventricule droit, et à Romane, le gauche. » Puis, dessous, d'une écriture moins agile : « À Sacha aussi, pour qu'il sache que l'érémitisme n'est pas la voie du salut éternel. »

Sacha esquisse un sourire, mais il ne sait pas bien comment il doit interpréter cette phrase. Sa sœur n'a jamais compris son engagement dans les ordres, elle ne le pourra jamais, lui-même n'y était pas préparé. Il feuillette le manuscrit et en lit une page au hasard.

*Dehors, il fait froid. Un froid de loup, je suppose. Pas seulement parce que je le vois dans le cadre de la fenêtre qui fait face à mon couchage. Il reste là, le regard figé dans le silence et l'immensité vaporeuse de la toundra. Des sautes de vents blancs retroussent sa fourrure, mais il semble indifférent aux bourrasques glacées. Il tourne parfois la tête, brusquement, comme s'il quittait un songe, fixe la fenêtre, regarde derrière lui avant de reprendre sa pose. Il m'a conduite ici hier. Sans lui, je ne serais rien. Rien qu'un être inapte à la vie dans un désert froid. L'intelligence est partout en lui. Il est l'équilibre qui me manque.*

*Je n'ai aucune idée de l'heure. J'espère avoir dormi suffisamment, mais je ne suis sûre de rien. Il peut aussi bien être deux heures que dix. Hier soir, j'étais tellement heureuse d'avoir trouvé cette cabane, euphorique presque. J'ai cru un instant voir la chance me tendre enfin la main, mais je me suis vite rendue à l'évidence. Je ne sais pas où je me trouve et cette baraque n'est rien d'autre qu'un tas de planches inhabité qui doit servir d'abri à des chasseurs de mammouths, autant que je puisse en juger d'après le crâne et les ossements pachydermiques traînant partout autour. Rien de salvateur, rien qui puisse m'emporter hors d'ici, juste de quoi me protéger quelques heures de l'abominable morsure du gel, du vent et des bêtes sauvages. Les hommes qui ont occupé cet abri sont partis il y a plusieurs semaines. Au début de l'automne probablement. Pourtant, il a gardé leurs odeurs, l'écho de leurs voix aussi. Une rumeur qui s'étire sur le silence quand le vent s'essouffle. Ils ont fui avant que l'hiver ne s'installe et que la météo ne tourne au cauchemar. Je tremble, pas seulement à cause du froid. Je suis exténuée. J'ai la gorge en feu. J'ai égaré mon masque hier. Un masque de protection du visage. L'air polaire me brûle les poumons. Mais il me faut repartir aujourd'hui, tant qu'il n'y a pas trop de vent et pas de brume. Je me prépare un sachet lyophilisé. Ça me prend un temps fou et me rend nerveuse. J'ai du mal à l'avaler. J'ai peur de ce qui s'annonce. Une peur qui entre en moi comme dans un moulin. Une peur qui broie mon cerveau et fouaille mes entrailles. J'aimerais me tromper… mais entre le froid et mon état de fatigue, ça fait au moins deux bonnes raisons pour que tout s'arrête là.*

*J'ai des haut-le-cœur. Je me sens mal. Je ne vais rien garder de ce que j'ai réussi à ingurgiter. En regardant la bouteille d'Évian achetée à l'aéroport de Lyon il y a plus de trois mois maintenant, je mesure l'anachronisme de ma situation. Je suis seule, dans un des endroits les plus sauvages de la planète, un des plus isolés, avec pour voisins immédiats un loup et un ossuaire préhistorique. Ma Belette, tu me manques. Tu me manques affreusement. Je ne pensais jamais avoir à te dire cela un jour, encore moins le ressentir au fond de moi jusqu'à en avoir la nausée. Parce que je ne t'ai jamais imaginée ailleurs que dans mes bras. Je dois te demander pardon pour tout ce que je n'ai pas su voir, pas su entendre. Pardon pour mon aveuglement. Pour toutes mes promesses non tenues, pour mes mouvements d'humeur. Je n'ai pas su te protéger. L'impensable s'échafaude en moi comme le crime dans les esprits pervers et déviants. Sauras-tu me pardonner ? Je rumine les moments passés près de toi, contre toi, chacune dans la chaleur de l'autre. J'ai peur de la nuit et ici elle est sans fin. Une nuit qui taraude l'esprit, le perce de multiples trous pour le vider de sa substance. Qui sait ce que je serai devenue quand le soleil se lèvera. Je te reviens, Zora, prends la main de Romane et guettez-moi…*

Sacha referme le carnet. Des larmes coulent sur ses joues. Une douleur vient de naître quelque part entre ses omoplates. Des années que cela ne lui était plus arrivé. Il sait ce qu'elle signifie. Par la fenêtre, dans la maigre lueur crépusculaire, il observe des corneilles qui se chamaillent sur le mur d'enceinte du monastère. Cela n'aurait jamais dû arriver. Sacha allume sa lampe de travail et observe son *cubiculum*. C'est une pièce tout en bois, avec un parquet qui grince, un lit simple et une table de travail face à une fenêtre donnant sur une petite cour intérieure. Elle resserre tout un tas de matériel destiné au jardinage et à l'entretien des bâtiments. Il tire la chaise glissée sous la table en pin, s'assied, rouvre le carnet et lisse la première page d'un revers de main.

*3 septembre 2017, Tiksi,*
*nord-est de la Sibérie, 32°C*

Dès la descente de l'avion qui dessert la petite ville de Tiksi depuis Iakoutsk, j'ai senti que quelque chose ne tournait pas rond. L'atmosphère était oppressante. Il faisait chaud, plus de trente degrés, une température que je ne m'attendais pas à trouver en fin d'été dans cette région du globe isolée au nord de la Iakoutie, sept cents kilomètres derrière le cercle polaire. Un brouillard grisâtre voilait la lumière. Plus au sud, la Sibérie était en proie à de violents feux de forêt et les vents poussaient vers le nord l'âcre et sombre fumée de la taïga dévorée par les flammes. J'avais pu les observer depuis l'avion reliant Moscou à Iakoutsk. Un long vol qui m'emportait vers l'inconnu. Aussi long qu'un Paris-Montréal, mais là au moins on sait ce qui nous attend à l'arrivée. Peut-être bien que ces incendies étaient la cause de cette chaleur anormale et de cette brume épaisse. Le brouillard avait contraint l'Antonov de la Yakutia Airlines à faire une approche au plus près de montagnes chauves avant de se poser dans des conditions de sécurité toutes relatives. À vrai dire, elles m'avaient semblé avoir été tout bonnement écartées pour laisser libre champ à la bonne étoile du pilote. Quelques semaines plus tôt, un avion militaire s'était écrasé dans ces montagnes, à moins de trente kilomètres de l'aéroport.

J'avais rendez-vous avec une équipe de chercheurs embarqués sur un voilier pour étudier le climat, le plancton, le pergélisol et tout un tas d'autres choses encore. Dans l'Arctique, les températures augmentent deux fois plus vite que dans le reste du monde. Un ami avait partagé sur Facebook une annonce qui disait : « L'association AOP (Arctic Ocean Protect) recherche journaliste bilingue français-anglais, capable de rédiger des comptes rendus et de vulgariser, dans ces deux langues, les travaux scientifiques menés en Arctique à partir du navire polaire *Yupik,* lors d'un hivernage sur la banquise, au large des îles de Nouvelle-Sibérie. Compte tenu de la zone de navigation, la maîtrise du russe serait un atout. Ce poste est à pourvoir dans les plus brefs délais. » J'avais tenté ma chance. J'avais de l'expérience, cinq années à France 3, dont deux à présenter le journal régional de la mi-journée. Au bout du compte, ma petite notoriété n'avait pas eu l'impact escompté auprès des recruteurs. Je n'avais, c'est vrai, pas le profil d'une baroudeuse et le poste dissonait quelque peu dans mon parcours professionnel. Mes motivations sonnaient faux, je le sentais bien en les formulant. Ça me demandait beaucoup d'effort. Au final, c'est l'« atout » qui avait prévalu, le russe étant ma seconde langue, celle de mes parents. C'était un vrai job, avec un contrat, un tas de clauses – comme « la confidentialité des recherches tant que ces dernières n'ont pas reçu l'aval du responsable scientifique » ou encore le fait de « ne pas porter atteinte à l'image de l'association », ce que j'imaginais difficilement, perdue aux confins de l'Arctique… –, mais un job bénévole. Je devais remplacer au pied levé mon prédécesseur, qui avait embarqué fin juillet à Tromsø en Norvège. Il avait profité d'une escale à Longyearbyen, la ville la plus importante de l'archipel du Svalbard, pour quitter le navire. Je ne savais rien de ce qui l'avait poussé à se désister, en revanche je savais à peu près clairement pourquoi j'avais fait cette démarche. Je commençais pourtant à m'interroger sérieusement quant à la pertinence de cette initiative. Tout était allé si vite…

La chaîne qui m'employait m'avait accordé un congé sans tergiverser. Depuis le drame, le malaise au journal était palpable. Un silence me précédait quand j'entrais dans un bureau et me suivait dans les couloirs. Il n'y avait pas seulement de la pudeur ou de la maladresse dans les regards détournés. J'étais un lapin dans un bateau. Je dérangeais, parce que le malheur, personne n'a envie de le croiser à longueur de journée. Il est un obstacle à la joie de vivre à laquelle chacun d'entre nous peut prétendre. Tout le monde, ou presque, connaissait ma compagne Romane. L'annonce de sa disparition avait été un choc, même si nous ne vivions plus ensemble. Treize mois seulement après la mort de Zora, ma fille. Il n'y a pas de mot pour dire cette affliction. Je veux dire, ce mot n'existe vraiment pas. Une veuve ou un orphelin, on sait ce que c'est, mais moi, sans ma Belette accrochée à mon cou, sans Zora, qu'est-ce que je suis ? Ils m'avaient accordé ce congé par commisération, probablement, comme on ouvre la porte d'une cage à oiseau, sans bien savoir si le piaf file vers une nouvelle vie ou s'il court à sa perte.

Avant de monter dans un vieil autobus marron qui devait nous conduire jusqu'à la ville, j'ai dû présenter à une palanquée de militaires, aussi tatillons que taciturnes, visa et autorisation spéciale d'accès à ce bout du monde, ainsi que mon unique bagage. J'étais la seule étrangère dans l'avion et le chauffeur du bus m'a patiemment attendue. La piste était mauvaise et l'antique engin se désarticulait dans les ornières en poussant de douloureux grincements. Je me suis cogné la tête contre la vitre et le bruit a fait se tourner vers moi les yeux de la dizaine de passagers qui m'accompagnait. Un homme coiffé d'une chapka malgré la température m'a fait signe de m'agripper fermement au siège de devant. Nous sommes finalement entrés dans la ville. Un panneau écorné portant l'écusson de la cité souhaitait, en lettres bleues et sans trop y croire : « Bienvenue à Tiksi » aux rares voyageurs qui se risquaient jusqu'ici. Les autres savaient déjà ce qui les attendait. La ville avait probablement connu des jours meilleurs, mais c'était difficilement imaginable au regard du visage sinistre et sépulcral qu'elle offrait aujourd'hui. Après un arrêt dans ce que j'ai supposé être le centre de la cité, le bus est descendu jusqu'au port où je devais retrouver le bateau. La mer était très agitée. Les quais déserts, à l'exception d'un navire des garde-côtes. *Yupik* aurait déjà dû être à quai et je n'avais aucun moyen de le contacter. Je me suis risquée à aller me renseigner. J'ai hélé un militaire qui faisait le planton devant le bateau. En retour, il m'a demandé mes papiers, mon autorisation spéciale d'entrée à Tiksi et le motif de ma présence. Il a ensuite fait appel à un collègue afin de prévenir le capitaine, tandis que lui restait perché sur le pont, les yeux braqués sur moi, les mains sur son arme automatique. Je regrettais déjà mon initiative. Je ne voyais vraiment pas en quoi je pouvais représenter une menace. Le capitaine s'est montré plus avenant. Il m'a dit que le *Yupik* était attendu pour le lendemain, mais qu'on ne pouvait être sûr de rien, compte tenu de la météo. Il a noté mon numéro de téléphone et m'a indiqué un hôtel en me demandant de me tenir prête à tout moment. Il a ajouté qu'il passerait m'offrir un verre dès qu'il aurait expédié ses affaires courantes. Je n'étais plus très sûre de ce que je devais comprendre. Je lui ai répondu :

— Je viens d'arriver. Je suis fatiguée, une autre fois peut-être.

Puis je suis remontée jusqu'au centre-ville et j'ai cherché l'adresse qu'il m'avait recommandée. C'était une barre d'immeubles semblable à toutes les autres. Le conteneur poubelle, situé à deux pas de l'entrée, était renversé et les déchets qu'il renfermait étaient méthodiquement explorés par des chiens efflanqués, une flopée de goélands querelleurs et trois jeunes renards arctiques. Les chiens m'ont jeté un regard torve. Je ne me suis pas attardée. C'est le genre d'endroit que l'on ne peut apprécier que poursuivi par une horde d'ours polaires. Je n'ai pas été surprise par la chambre, en parfait accord avec la ville – un accord à deux cents euros la nuit. Faut bien vivre et les clients doivent être rares. J'ai posé mon sac sur la moquette imprimée d'une multitude de roses rouges, tiré les rideaux tulipes et je me suis assise sur le lit aux draps fleuris de pivoines. La tapisserie affichait des motifs indéfinissables dans un camaïeu de vert. J'en ai déduit que les habitants de ces contrées stockaient chez eux la couleur qu'ils n'avaient pas dehors. Je me suis allongée un moment, puis j'ai attrapé mon appareil photo et je suis sortie.

J'ai été saisie par le brusque refroidissement qui s'était opéré. J'ai erré dans la ville en écoutant Klaus Nomi chanter « The Cold Song » et je dois dire que c'était assez en harmonie avec l'ambiance et l'abattement que m'inspiraient les lieux. Le brouillard dégoulinant masquait tout ce qu'il y avait à voir au-delà des barres d'immeubles frappées du sceau de l'ex-URSS. C'était frustrant parce qu'il n'y avait rien de séduisant susceptible d'accrocher mon regard dans cette ville abandonnée qui exhalait une vague odeur d'urine froide jusque dans la cage d'escalier bancale de l'hôtel. Tout était bancal. Les immeubles les moins branlants avaient des rideaux colorés aux fenêtres, les autres voyaient leurs entrées condamnées. Les rues boueuses étaient jonchées de ferrailles de toutes sortes : des fûts rouillés par centaines, des carcasses de voitures, conteneurs, camions et autres mécaniques dont l'usage ne venait pas spontanément à l'esprit. C'était déprimant et fascinant à la fois. J'ai fait beaucoup de clichés. Je me suis dit qu'ici, sous la neige, les rues devaient être plus accueillantes et comme cette dernière est présente dix mois sur douze, le temps de penser à faire un brin de nettoyage, tout a de nouveau disparu sous le tapis blanc. Des conduites à peine moins grosses que des pipelines couraient le long des rues, les enjambaient parfois. Elles transportaient je ne sais quoi, de l'eau chaude probablement, afin d'offrir des chances de survie à la population durant les longs hivers arctiques. Cette ville, la plus septentrionale de Russie, est l'une des plus froides au monde. Les températures n'hésitent pas à descendre en dessous de moins cinquante degrés. Difficile d'enfouir quoi que ce soit dans ce sol gelé en permanence.

Je n'ai pas réussi à trouver le sommeil de la nuit. Des bruits stridents, venant des canalisations, zébraient l'épais silence. Au lever du jour, j'ai fui plus que quitté la chambre d'hôtel au papier peint piqué par l'humidité. Au petit déjeuner, il y avait six hommes. Ça m'a surprise et réconfortée à la fois. J'ai épié les conversations pour savoir ce qui avait bien pu les amener ici. Les gars venaient de Iakoutsk et ils étaient là pour faire une intervention dans la centrale électrique. Je suis descendue au port à pied, avec mon sac sur le dos. Le brouillard s'était dissipé, une lumière jaune accrochait la flèche des grues rongées par la rouille et fardait la coque des bateaux abandonnés. La mer était encore agitée. Assise devant d'anciens entrepôts aux façades délabrées, j'ai observé une barge qui se déhanchait sur les eaux sombres du port. De lourds cordages rongés par le sel s'entremêlaient sur la plateforme. Ils tissaient l'histoire décadente des lieux. Les câblots d'amarrage grinçaient en s'étirant et les énormes pneus qui faisaient office de pare-battage gémissaient en encaissant les chocs de la coque contre le quai. La mer, ourlée d'écume, lançait des éclats feutrés, initiés par les mouvances d'un ciel en rémission. Les sommets acculant la ville contre la mer étaient couverts de neige. J'avais froid. La veille encore, la ville se disloquait dans l'étonnante clémence d'un premier jour de septembre. Je ne savais pas bien comment occuper mon esprit. L'inaction me rongeait. Les goélands piaulaient comme des enfants qui ont perdu leur mère… Ces cris déchirants résonnaient en moi comme des appels au secours. Je ne contrôlais plus grand-chose. Je peinais à faire face. Les émotions me frappent souvent à l'improviste, avec une violence inouïe. Les mêmes, toujours, chauffées à blanc. Il me faut alors les sertir entre deux ou trois trucs incontournables, me plonger dans l'action pour ne pas me perdre. C'est précisément pour cela que j'étais ici, parce que j'avais déjà tenté de continuer à vivre comme avant, dans les mêmes lieux, mais ça ne fonctionnait pas. Il me fallait tenter autre chose.

*Zora*

J'étais en conférence de rédaction quand c'est arrivé. Comme tous les matins, il s'agissait de savoir quels sujets seraient traités au journal de la mi-journée. Debout près de la fenêtre, je regardais les sommets encore enneigés malgré l'arrivée de l'été se dresser au-dessus de la ville. Ils l'ensauvageaient et c'était terriblement bon. Je savais qu'ils ne tarderaient pas à s'estomper dans le nuage de pollution exhalé quotidiennement par la métropole. Romane ne voulait pas que Zora respire cet air-là. On rêvait d'aller vivre un peu plus haut, sur le plateau du Vercors. Une petite maison de pierre et de bois, avec des poules pour picorer les reliefs des repas et un âne pour randonner avec notre Belette.

Le rédacteur en chef a dit :

— Quelqu'un pour proposer des idées de sorties pour le JT de midi ?

J'ai levé la main et j'ai lancé :

— Une randonnée du côté du lac de Monteynard, on a un PAD* là-dessus. Les images de la passerelle himalayenne qui traverse le lac sont à couper le souffle.

---

* Sujet prêt à diffuser.

Il a répondu :

— On valide ? On valide.

Il était comme ça le rédac en chef, il soumettait vaguement les sujets à l'approbation générale et récoltait les avis de chacun avant même qu'ils n'aient été formulés. C'était un gain de temps considérable.

Je préparais mes lancements quand mon portable a vibré. J'ai immédiatement pensé que c'était la nouvelle enseignante de Zora, une assez jeune femme à la rigidité marmoréenne qui s'employait depuis quelques semaines à nous envoyer des messages pour nous faire tout un tas de remarques désobligeantes. Zora n'était pas en classe ce mercredi matin mais nous en avions averti sa maîtresse par écrit, alors quoi ? J'ai attrapé mon portable avec irritation. Ce n'était pas elle, mais la mère de Romane. Elle m'a dit :

— Anna, venez vite, il est arrivé quelque chose à Zora.

— Qu'est-ce qui lui est arrivé ?

— Venez vite !

— C'est grave ? Dites-moi si c'est grave ! Passez-moi Romane.

— Je ne peux pas vous la passer.

J'ai averti l'équipe que je devais m'absenter.

— Quelque chose qui ne va pas ?

— C'est ma fille. Je vous tiens au courant.

J'ai couru le plus vite que je pouvais jusqu'à ma voiture. Il me fallait une heure pour rejoindre la maison des parents de Romane, près d'Aix-les-Bains, sur la rive du lac. On était le 24 juin. Sur l'autoroute, sa mère m'a rappelée pour me dire que Zora allait être transportée en hélicoptère à l'hôpital de Grenoble.

J'ai été foudroyée par une décharge d'adrénaline. J'ai lutté pour ne pas m'arrêter au milieu de l'autoroute. J'étais complètement perdue, folle d'inquiétude et tétanisée par mon impuissance. Pour trouver une sortie et faire demi-tour, j'ai dû rouler sur une trentaine de kilomètres. Enfin je suis arrivée au CHU et je me suis garée devant les urgences. Je suis descendue de voiture et un flic m'a dit :

— Restez pas là.

Je lui ai répondu que ma fille venait d'être transférée par hélicoptère. Il m'a fixée du regard et pour toute réponse m'a fait signe de circuler. Les parkings étaient pleins. J'ai trouvé une place près du laboratoire de biologie. Ensuite, j'ai patienté devant l'accueil avec un tas d'autres personnes. Puis j'ai aperçu Romane. Je me suis précipitée vers elle. Son visage était livide. Elle m'a serrée dans ses bras. Je réalise maintenant que c'était là notre dernière étreinte. Elle m'a dit que Zora avait glissé en jouant et que sa tête avait heurté la margelle de la piscine avant de tomber à l'eau. Je n'avais qu'une hâte, voir Zora et la prendre dans mes bras. Puis un médecin est arrivé. À son visage, j'ai compris que quelque chose d'irréversible venait de se produire. J'ai senti les larmes monter, je savais que ce qui allait suivre allait être difficile à entendre. Ce fut bien pire. Inconcevable.

— On n'a pas pu réanimer votre fille. Je suis désolé.

Je n'ai aucun souvenir précis des heures qui ont suivi. Je me rappelle seulement que je voulais voir Zora, mais que l'on refusait obstinément de me conduire jusqu'à elle. Des psychologues me parlaient, mais je ne les entendais pas. J'imaginais son petit corps blanc et froid. Il y avait beaucoup d'agitation. Tout n'était qu'effarement et brouhaha. Mon père est arrivé en milieu d'après-midi. Je ne sais pas qui l'avait prévenu. Il m'a dit :

— C'est arrivé comment ?

— Elle a glissé au bord de la piscine… Demande à Romane !

— Il n'y avait personne pour la surveiller ?

— Tais-toi, papa ! Je t'en prie, tais-toi.

Romane est partie sans dire un mot. Mon père m'a raccompagnée à l'appartement.

— Tu devrais l'appeler. Elle se sent responsable de ce qui est arrivé.

— Qui d'autre ?

— Quand même, tu as eu des mots très durs.

— Je n'ai besoin ni de toi ni de ta morale.

— Comme tu voudras… Tu es sûre que ça va aller ?

J'ai dit : « Oui, ça ira » et il est parti. C'est ce que je voulais. Être seule. Mon père ne m'a jamais été d'aucun secours. À la mort de maman, il avait semblé découvrir l'existence de ses deux enfants, mon frère Sacha et moi, et toute l'organisation qu'implique une vie avec deux adolescents. On s'était vite retrouvés en pensionnat.

Sur le tapis, il y avait les jouets de ma Belette, et, devant la baie vitrée, son linge qui séchait. Des T-shirts déjà un peu courts qui remontaient toujours sur son petit ventre chaud et le pyjama que Romane lui avait acheté quelques jours plus tôt, avec un séquoia géant dessus.

Tout était comme avant et pire que jamais plus.

*7 janvier 2019, angélus et complies*

Assis à sa table de travail, perdu dans ses souvenirs, il en a oublié d'alimenter le petit poêle rond installé au milieu de la pièce. Dom Joseph glisse une image de Jésus auréolé d'or dans le carnet de voyage d'Anna pour marquer sa page puis le dissimule sous ses livres d'étude. Il se lève, tourne la clef de tirage située sur le tuyau et met deux bûches dans le foyer. Par la fenêtre, il observe longuement le déclin du jour. Janvier est là. Mordant comme la bise qui emporte dans son tourbillon des panaches de neige et la fumée des cheminées. Mille ans d'un silence tombal pèsent sur les toits blancs. Une fine couche qui glisse par endroits sur les ardoises en laissant des taches noires triangulaires. La brume cache la forêt. Qu'es-tu allée faire en Sibérie, Anna ? Où es-tu aujourd'hui ? Son image danse dans la pénombre et Zora la rejoint. Zora dans une robe d'été bleu pâle. Une prairie ensoleillée, dominée par les hautes falaises du mont Aiguille. Romane entre dans la lumière. Dom Joseph aurait préféré qu'elle reste dans l'ombre. Il se souvient qu'elle ne l'aimait guère et ne ratait pas une occasion de le lui montrer. Il ouvre le Nouveau Testament. Sur la tranche, plusieurs index avec des numéros de versets. Son doigt glisse sur le bord d'une page noircie par l'usage. Matthieu 6, 13 : « Ne nous induis pas en tentation, mais délivre-nous du malin. » Dom Joseph psalmodie ce verset jusqu'à ce que l'angélus le sorte de sa transe. Il se dirige alors vers l'oratoire et s'agenouille pour la prière. Mais il n'a pas la tête à ce qu'il fait. Son esprit est ailleurs. Il retourne à la fenêtre, prend le carnet, le feuillette, le replace sous le tas de livres et finalement se convainc de devoir terminer ses prières. Il se dit qu'après les complies il pourra reprendre sa lecture un moment avant de se coucher.

*4 septembre 2017, Tiksi, 2°C*

C'est le gardien de l'hôtel qui m'a prévenue.

— Le bateau que vous attendez est arrivé. Les garde-côtes sont sur place. Ils vous demandent de les rejoindre.

Il était vingt-deux heures. La nuit était épaisse. Quelques lampadaires ponctuaient de taches jaunes la piste terreuse qui descendait vers la mer. Le port s'étirant sur plusieurs centaines de mètres, je n'ai pas immédiatement repéré le voilier, mais j'ai aperçu des lumières à son extrémité ouest. Il y avait de l'agitation sur le môle qu'éclairaient les phares d'une voiture. Je me suis approchée du groupe. La discussion semblait vive. Le capitaine du navire des garde-côtes, croisé la veille, m'a tout de suite interpellée :

— Dites à vos amis de remonter sur le bateau. Personne n'est autorisé à mettre pied à terre. Aucun d'entre eux ne possède d'autorisation pour séjourner ici, pas même pour y naviguer. Vous pouvez traduire ça ?

Je me suis tournée vers le groupe debout devant le voilier. Les traits de leurs visages étaient tirés. Il y avait un gars aux cheveux frisés, un grand type barbu plutôt âgé et une jeune femme très pâle.

— Je suis Anna, la journaliste qui doit embarquer…

— On fera les présentations plus tard ! Je ne comprends rien à ce que veulent ces flics.

C'est le type aux cheveux frisés qui venait de me répondre. J'en ai déduit que ça devait être le skipper.

— Les garde-côtes disent que vous ne pouvez pas débarquer parce que vous n'avez pas d'autorisation.

— Nos visas sont en règle. Qu'est-ce qu'ils veulent de plus ?

— Il faut une autorisation spéciale pour Tiksi. Je ne sais pas bien pourquoi. J'ai attendu la mienne un mois et demi. Ils disent que les navires aussi doivent être accrédités pour naviguer ici.

— Je n'ai jamais entendu parler de ça… C'est contraire au droit de la mer.

J'ai traduit à l'intention du capitaine : « C'est contraire au droit de la mer » et j'ai vu son regard se durcir.

— Lisez ça !

J'ai pris le formulaire qu'il me tendait. Il disait ceci : « Les navires devront désormais informer les autorités russes de leurs projets de passage quarante-cinq jours à l'avance et devront, selon le type de navire et son tonnage, embarquer des pilotes russes à leur bord. L'administration russe se réserve le droit de refuser le passage des navires. En cas de transit non autorisé, Moscou se réservera le droit d'appliquer des mesures d'urgence pouvant aller jusqu'à l'arraisonnement ou la destruction du navire. »

— C'est n'importe quoi. Tu sais où il peut se le carrer son formulaire ?

C'est pénible d'être traducteur : chaque protagoniste déverse sur vous son lot d'exaspération. J'ai repris à l'intention du capitaine :

— Le skipper répète qu'il n'était pas au courant de cette directive.

— Une escadre française a navigué dans nos eaux il y a deux semaines, sans notification préalable et sans pilote. C'est la deuxième fois. De telles provocations ne sont plus acceptables.

— Quel rapport avec nous ? On a un problème avec le générateur du bateau, on n'a plus d'électricité à bord, c'est-à-dire plus d'électronique. On fait tourner le générateur de secours, mais c'est à peine suffisant pour les congélateurs. On va avoir besoin d'un peu de temps pour réparer. Et puis on aimerait aussi faire le plein de gasoil. Autorisation ou pas, on devra bien mettre pied à terre. On ne devait faire qu'une escale ici, t'embarquer et filer. Ils peuvent comprendre ça ?

Je me suis avancée un peu pour voir le voilier en contrebas du quai. Il était plongé dans la pénombre.

— Je vais essayer de leur expliquer. Le mieux, c'est de rester calme.

J'ai passé le message, en insistant sur les besoins de réparation.

— Personne ne débarque, a décidé le capitaine. Je garde tous les passeports. On se retrouve demain matin à huit heures dans nos bureaux, vous et le skipper, avec tous les papiers du bateau.

— Vos bureaux se trouvent où ?

— Dans les bâtiments de l'oblast*. C'est dans Tiksi 3, le quartier militaire. Vous n'aurez qu'à demander.

— Qu'est-ce qu'il dit ?

— Il nous donne rendez-vous demain matin à huit heures pour régler ça.

---

* Territoire administratif.

— Pourquoi pas à six tant qu'on y est ? Deux nuits que je n'ai pas fermé l'œil. Passe me prendre. J'espère que tu ne comptais pas embarquer tout de suite, il y a un foutoir pas possible à bord…

Le gars a regagné le bateau. Il a ajusté l'amarrage avant de s'engouffrer dans la descente. Le grand type barbu a fait un pas vers moi et m'a tendu la main.

— Jens Kroh, le responsable scientifique de cette expédition, et voici Jeanne, glaciologue. Comme l'a dit Erwan, le skipper, deux jours qu'on n'a plus d'électricité. On n'est pas fâchés de se mettre un peu à l'abri.

Jeanne m'a adressé un maigre sourire, mais n'a pas ouvert la bouche.

— J'ai vu que la mer était formée. Je suis Anna, la journaliste qui…

— Te fatigue pas, on sait qui tu es. Il ne doit pas y avoir légion de Françaises à faire du tourisme dans le coin.

— J'en doute aussi. Cette ville est sinistre.

— Bon, eh bien on te laisse. On pensait pouvoir trouver un resto ouvert, histoire de se changer les idées, il va nous falloir changer de plan. On se voit demain.

En remontant à l'hôtel, j'ai croisé un étrange engin chenillé. Une sorte de char sans tourelle ni canon. Il est passé dans le bourdonnement de son puissant moteur diesel et les gémissements de ses chenilles. Je me demandais pourquoi j'avais fait tout ce chemin si tout devait être annulé pour une question d'autorisation. Je m'étais imaginée voguer sur les eaux froides de l'océan Arctique, aborder des terres sauvages… J'allais devoir patienter. Je me suis dit qu'anticiper, c'est déjà s'aliéner un peu.

*5 septembre 2017, Tiksi, 5°C*

Le bateau m'est apparu dans la pâle lumière du jour. *Yupik* est un beau voilier gréé en ketch. Malgré ses vingt-sept mètres, ses deux mâts et une largeur de pont confortable, il semblait bien fragile amarré à cet immense quai désert. Erwan était au pied du grand mât. Je ne sais pas s'il prenait l'air ou s'il m'attendait. Il m'a invitée à descendre boire un café. J'ai trouvé le carré plus vaste que ne le laissait présager le roof extérieur. Il y avait du monde autour de la table : Jeanne et Jens, que j'avais vus la veille, mais aussi Margot, une microbiologiste, Louise, biologiste marine, Loïc, marin et second d'Erwan, ainsi que Zoé, la cuisinière.

— Voici Anna, journaliste de son état. Elle présente le journal sur la 3. On aura tout le temps de faire connaissance.

— Je me disais bien que votre visage ne m'était pas inconnu. Ils ont les moyens chez AOP, a fait Loïc.

— Ce n'est pas ce que vous croyez. Je suis bénévole pour cette mission. Ça se présente comment la réparation du groupe électrogène ?

J'ai lancé ça en guise de salutation, parce que je n'y connais rien en mécanique.

— On démonte la pompe à injection et on fera le point après. Tant que tu y seras, demande aux copains de Poutine s'ils peuvent nous en filer un neuf, de groupe, vu l'accueil d'hier soir, ça devrait être une formalité…

Puis chacun y est allé de sa question. Nous n'avions que peu de temps, mais en sortant du bateau, j'avais conscience de faire partie de l'équipage et c'était sacrément réconfortant. En chemin, j'ai demandé à Erwan ce que signifiait le nom du bateau, *Yupik.*

— C'est un peuple que l'on retrouve de part et d'autre du détroit de Béring, de l'Alaska à la Sibérie. Un trait d'union en quelque sorte.

Les flics russes n'aiment rien tant qu'afficher leur omnipotence et faire peser sur leurs décisions le poids de l'arbitraire et, ce matin-là, ils étaient au sommet de leur art. L'ambiance du bureau n'appelait pas à la plaisanterie ou à la rébellion. J'ai découvert sur l'en-tête d'un document épinglé dans le couloir que le corps des garde-côtes dépendait du FSB, les services secrets russes, anciennement KGB, et de toute évidence, dans cette ville, les habitudes avaient la vie dure. J'en ai fait part à Erwan. Il était nettement moins vindicatif que la veille au soir. Il m'a adressé une grimace singeant *Le Cri* d'Edvard Munch. Seul Jens, qui avait tenu à nous accompagner, semblait insensible à l'ambiance générale et prêtait peu d'importance au ton martial des agents. Nous avons appelé l'ambassade de France à Moscou qui nous a assuré « suivre l'évolution de cette affaire de près », ce qui n'était pas de nature à nous faire entrevoir une issue rapide, pas même qu'elle s'y implique vraiment. Après de fastidieuses tractations stériles, les responsables de l'association Arctic Ocean Protect nous ont dit prendre les choses en main depuis Paris.

En toute fin d'après-midi, on nous a finalement accordé des autorisations temporaires de circulation, assorties d'une interdiction de quitter l'oblast de Tiksi. Nous sommes allés boire un verre dans un bar. Pas pour fêter ça, il n'y avait pas lieu de se réjouir, mais pour chasser de nos esprits l'ambiance stalinienne qui nous avait oppressés toute la journée. L'extérieur ressemblait plus à un atelier de mécanique désaffecté qu'à un bistrot, mais l'intérieur était, par contraste, étonnamment chaleureux. Il y avait une dizaine de tables, presque toutes occupées. Dans un coin, trois gars, qui n'avaient probablement rien de prévu pour la soirée étant donné leur état d'ébriété, s'invectivaient dans l'indifférence générale. Madonna s'évertuait à se faire entendre dans le brouhaha des conversations. Jens était en verve. Erwan beaucoup moins. Il était fatigué. Il est revenu sur la dépression qui les avait touchés en entrant dans la mer de Laptev. Le récit qu'il en a fait m'a glacée. Je me souviens de sa remarque.

— Si pétroliers et cargos viennent un jour à passer en masse par là, on comptera les naufrages et les marées noires par dizaines. Ça risque bien d'être plus dramatique encore que la fonte des glaces.

Jens a relaté ses précédentes missions en Arctique. Erwan et lui sont le genre de personnes que l'on peut écouter pendant des heures.

Quand nous sommes sortis du bar, une pluie fine et poisseuse s'échappait des nuages bas. J'ai laissé Jens et Erwan rejoindre le bateau et je suis allée à l'hôtel récupérer mon sac. Je ne sais pas pourquoi je n'étais pas partie avec en quittant la chambre, sans doute parce qu'on ne m'avait pas encore invitée à le poser à bord. J'ai dû payer une nuit supplémentaire, les chambres devant être libérées avant dix heures. J'ai bien été tentée d'argumenter, de dire au gérant que j'avais été retenue par les garde-côtes et que de surcroît toutes les autres, ou presque, étaient inoccupées, mais je n'avais aucune envie de reprendre de stériles palabres.

De retour sur *Yupik* j'ai posé mon sac dans une cabine à deux bannettes superposées dont j'allais être l'unique occupante. Ensuite Erwan m'a proposé une rapide visite du bateau. Je l'ai suivi dans les coursives. Ses larges épaules glissaient entre les cloisons comme un coulisseau dans sa glissière. Il portait un pull en laine gris-bleu avec une enfilade de rennes qui courait autour de son torse. Sa tignasse frisée effaçait son cou. Erwan faisant une tête de moins que moi, il baissait à peine la tête pour entrer dans une cabine ou passer la porte d'une cloison étanche. J'en venais à me demander qui du marin ou du bateau s'était adapté à l'autre. Nous sommes passés de la cale arrière à celle avant, là où sont stockées les voiles. Il y avait un je-ne-sais-quoi de rassurant à arpenter les couloirs derrière Erwan.

C'est incroyable tout ce que l'on peut installer dans un si petit espace. Le laboratoire m'a paru particulièrement impressionnant, avec ses microscopes et tout un tas d'appareils électroniques. Erwan m'a expliqué que trois congélateurs avec des températures différentes, dont un cryogénique à moins quatre-vingts degrés, enfermaient les prélèvements qui serviraient de matériaux d'étude pour plusieurs années. Il m'a ensuite montré le tableau des tours de vaisselle et des quarts quand le bateau serait en mer, puis il a filé à ses occupations.

*12 septembre 2017,*
*station arctique de Samoylov, 3°C*

Le générateur du bateau était opérationnel depuis la veille, mais nous n'avions toujours pas les autorisations pour aller nous amarrer à la banquise. L'association envisageait sérieusement de rapatrier tout le monde si la situation ne se débloquait pas rapidement. L'Arctique est devenu un enjeu stratégique majeur et la Russie compte bien affirmer sa supériorité dans ce nouvel eldorado pour les compagnies minières et pétrolières. C'est déprimant de se dire que malgré les conférences mondiales sur le réchauffement climatique, le développement des énergies vertes et les nombreux messages d'alerte, on extraira demain plus de pétrole encore qu'on ne le fait aujourd'hui.

Jens avait sollicité depuis quelques jours une invitation à séjourner à Samoylov, une station arctique germano-russe située dans le delta de la Léna, à une centaine de kilomètres de Tiksi à vol d'oiseau. Jens Kroh était un climatologue influent d'origine allemande, membre de l'AWI, l'Institut Alfred-Wegener pour la recherche polaire et marine, lequel était impliqué dans la gestion de cette station arctique. Bien qu'elle soit dans le périmètre administratif de

Tiksi, les autorités nous ont imposé la présence de Valery, un militaire, mais c'était un moindre mal. Il est arrivé avec un volumineux sac à dos et un fusil à lunette. Ça n'a semblé choquer personne d'autre que moi. Louise, qui préparait un filet à plancton, m'a dit que c'était habituel en Arctique, à cause des ours, que c'était même obligatoire dans certains endroits comme au Svalbard. Elle m'a raconté que lors de leur escale dans l'archipel, un campeur s'était fait attaquer dans le camping de Longyearbyen et avait succombé à ses blessures.

Toute l'équipe était sur le pont. Il y avait une joyeuse effervescence. Nous avons levé les amarres vers onze heures, regardé le quai s'éloigner et senti le bateau vivre. Enfin.

*Yupik* a suivi un long moment le trait de côte rongé par la fonte du pergélisol et l'érosion côtière. J'ai photographié la carcasse d'un hangar glissant inexorablement vers la mer dans une lumière falote. Plus loin, des croix orthodoxes en bois qui s'entassaient pêle-mêle au pied d'un éboulement. Et puis plus rien. Rien qu'une côte nue et sauvage, monotone et furieusement austère.

Après sept heures de navigation et trois prélèvements de plancton, nous avons enfin posé le pied sur l'île de Samoylov. Loïc nous a débarqués avec le Zodiac sur une courte plage couverte de bois mort. Il n'y a pas de port sur l'île, pas même un mouillage correct. *Yupik* resterait donc à l'ancre, à bonne distance de la côte, et l'équipe de marins ne quitterait pas le bord. Jens, Louise, Margot, Jeanne et moi, accompagnés de Valery, notre cerbère, avons suivi une interminable allée de planches posées sur la toundra spongieuse en évoquant l'incertitude qui pesait sur la suite de l'expédition et en fouettant avec les mains des nuées de moustiques voraces. Dans quelques jours ils auront disparu, comptant sur leurs larves, prises dans le sol gelé, pour faire renaître l'espèce au printemps prochain. C'est loin le printemps, loin derrière l'hiver.

La station arctique de Samoylov est une base récente, posée sur pilotis, dont les façades arborent fièrement les couleurs russes. Près de la côte, les bâtisses en bois de la première station semblaient toujours vaillantes, mais condamnées par l'inexorable érosion. Nous sommes passés devant des citernes à carburant accolées à des bâtiments techniques. Le ronronnement des générateurs couvrait notre conversation. Jens nous a expliqué qu'ils fonctionnaient jour et nuit pour pourvoir aux besoins en énergie de la station. C'était un habitué des lieux. Il nous a dit avoir fait plusieurs séjours sur ce bout de terre. Alexander, le chef de la base, nous attendait au pied de l'escalier métallique qui donnait accès à cette étrange construction perchée. Jens et lui se sont congratulés pendant de longues minutes avant qu'Alexander ne s'intéresse à nous. Il s'est lancé dans un exposé circonstancié sur les stocks de mercure contenu dans le sol, jusqu'alors insoupçonnés, et les dangers qu'ils faisaient courir à l'environnement, aux oiseaux marins et aux peuples autochtones. J'ai perdu assez rapidement le fil de son laïus un rien technique, à croire qu'il souhaitait livrer en quelques minutes toute l'étendue de ses connaissances, mais j'avais des sujets d'articles tout trouvés. Ensuite nous sommes entrés et je n'étais pas fâchée, parce que la température était fraîche et qu'un petit vent glacial courait sur la toundra.

La station est divisée en trois modules : un laboratoire, un espace résidentiel et un bloc pour les congélateurs du laboratoire, les chambres froides et le stockage. La cuisine, le réfectoire, la salle de loisir et de réunion se trouvent au centre du complexe. Ça ressemblait vaguement à un lycée vide. Les matériaux, les couleurs, l'odeur aussi. Bien loin de l'idée que je me faisais d'une base arctique.

Au moment du repas, Alexander s'est excusé en nous confiant que la cuisinière qui officiait pendant les mois d'été avait quitté les lieux avec la dernière équipe. Jens a imaginé demander à Zoé, qui avait choisi de rester à bord du bateau, de nous rejoindre, puis il s'est ravisé. Alexander nous a invités à goûter sa vodka et la Sibirsky Bochonok, une bière locale. Nous avons mangé des pommes de terre avec du poisson cuit au four que Valery – en militaire accoutumé à la vie en espace confiné – et moi avions préparés. Puis le chef de base nous a désigné nos chambres.

— Quand elles sont toutes occupées, il règne une tout autre ambiance par ici.

Question ambiance, ça pouvait difficilement être plus calme. Louise et Margot se sont installées dans la même chambre, juste à côté de la mienne. J'ai déroulé mon sac de couchage sur le lit. Un sac prévu pour de grands froids, alors qu'il devait bien faire trente degrés dans la station. Par la fenêtre, j'ai vu la masse sombre de la toundra qui me renvoyait mon reflet. La chambre vide m'est apparue inhospitalière, le paysage dénudé et hostile. Un sentiment d'abandon et de profonde solitude m'est tombé dessus dès que la porte s'est refermée. Je suis allée chercher un peu de réconfort sous la douche.

*7 janvier 2019, matines de Beata*

Dom Joseph pose le carnet sur le drap et sort de sa couche. Le plancher grince. Il refait méthodiquement son lit puis il enfile sa tunique. Il ajoute par-dessus la chape noire des novices. Ses gestes sont lents. Il fait froid. C'est difficile de se lever au cœur de la nuit. Les premiers mois, il trouvait ça grisant, mais le temps passant, cela lui devient pénible. En s'avançant vers sa table de travail, il ne peut s'empêcher de regarder le carnet d'Anna. De faire glisser ses doigts sur le cuir de la reliure. Son esprit s'échappe constamment. Le Père Maître des novices l'a souvent mis en garde contre les difficultés et les tentations qui guettent les disciples du Christ au désert. Dom Joseph n'est pas à l'aise avec lui. Ses airs inquisiteurs le déstabilisent. Quand ce dernier lui rend visite, il examine minutieusement sa table de travail, ses ouvrages et sa couche parfois. Le novice doit se laisser posséder par la prière et la recherche de Dieu. Tout ce qui pourrait détourner la pensée de cet objectif est condamnable. Son latin est médiocre, Dom Joseph en a conscience. Il a souvent des difficultés à exprimer ce que soulèvent en lui les Saintes Écritures. Quand elles ne lui disent rien de spécial, il invente des louanges et assez vite son esprit se perd. Le Père Maître n'est pas dupe, il le sait. Il se voudrait comme Évagre dans le désert de Scété, un authentique contemplatif dans l'admiration de Dieu, qui seul le comble et lui procure une sensation de joie et de liberté intérieure, jusque dans les profondeurs de l'esprit. Un état spirituel inaccessible au commun des mortels. Ce n'est pas de trop pour espérer accéder à la rédemption et se voir ouvrir, le moment venu, les portes du paradis. Dom Joseph récite un dernier « Notre Père » et se lève. Il reprend sur la table le carnet d'Anna, relit les premières pages, bute sur celles que sa sœur consacre à Zora. Il s'agenouille et pleure avec elle avant de se laisser emporter par les suivantes.

Quand il jette un œil sur sa pendule, il est minuit dix. Il est en retard pour les matines. Il s'en veut. Ce manquement était autrefois puni d'un séjour dans les geôles froides et humides du monastère. Sans prendre le temps de glisser un lainage sous sa tunique, il sort et se presse vers l'escalier qui descend vers la chapelle. Il va avoir froid pendant le long office. Ce sera sa pénitence. Le bruit de ses sandales frappant la pierre rebondit sur le silence. Il sait que s'il s'arrête, il les entendra, derrière lui, faire trois pas de plus. Cette sensation d'être suivi, il n'arrive pas à s'y faire. D'habitude, les mouvements dans le cloître lui disent qu'il peut sortir sans craindre d'être seul pour faire le chemin. Il n'y a pas de lumière. Avant d'arriver à la chapelle, il voit Frère Anselme qui revient des jardins avec un cierge à la main. Frère Anselme n'a plus toute sa tête. Il erre depuis près de quarante ans dans l'enceinte du monastère, comme autrefois les enfants d'Israël dans le désert. Il se cache derrière un pilier dès qu'il aperçoit Dom Joseph et, à son passage, marmonne en latin des sentences ayant trait au diable, au bouc et à la luxure. Seigneur, qu'est-ce qui a changé en ces lieux depuis l'installation de saint Bruno et de ses compagnons en l'an de grâce 1084 ?

La lourde porte s'ouvre sans bruit. Seul le loquet métallique se fait entendre, claquant comme un couperet en retombant. La chapelle bruit d'un écho de silence. Dans le fond, sur l'autel, une lumière rouge pour témoigner de la présence de Dieu. Dom Joseph trempe ses doigts dans l'eau glacée du bénitier et se signe. Les regards sont braqués sur lui, il les sent. Ceux du Prieur et du Père Maître des novices. Des regards réprobateurs qui creusent leurs sillons jusqu'à lui. Dom Joseph se glisse dans le rang à petits pas précautionneux pour rejoindre sa place. Un soliste entame les louanges à la Vierge. Ce sera bientôt à lui de reprendre le Credo. Sa voix est son atout, il le sait. C'est grâce à elle qu'il a quitté la robe noire des postulants pour entrer en noviciat. Qui sait que le chant, dans une communauté vouée au silence et à la solitude, a une importance biblique ? Comment les âmes pourraient-elles s'élever jusqu'au Tout-Puissant avec un chœur de basse-cour ? Ça pourrait le faire sourire, Dom Joseph, mais il n'a pas la tête à ça.

Une nuit à chanter. Une nuit à chanter dans l'obscurité glaciale pour que la lumière descende sur ce monde. Une nuit avec Anna, et sa Zora aussi. Son esprit maraude dans ses souvenirs doux-amers. Il faut qu'il se concentre sur le chant et sur la liturgie des Heures. Deux heures. Deux longues heures et, dès la fin des matines, il pourra retrouver Anna.

*17 septembre 2017,*
*station arctique de Samoylov, 12°C*

Aujourd'hui Jens et Jeanne ont arpenté la toundra avec une sonde, l'ont quadrillée avec précision, ont prélevé des carottes de substrat. Je les ai suivis dans leur tournée d'inspection des instruments de mesure disséminés sur l'île. Un soleil rasant étirait nos ombres sur la neige tels des bronzes de Giacometti. Elle avait commencé à tomber la veille et n'avait cessé de toute la nuit. Nous avions tous les trois endossé des parkas spécialement conçues pour les expéditions polaires, estampillées Arctic Ocean Protect. C'était la première fois que nous les utilisions. Nous avons ouvert des boîtiers renfermant toute une batterie d'appareils de mesure et testé les thermomètres à infrarouge. Pour plus d'aisance, nous quittions parfois nos gants et nos doigts se collaient alors aux parties métalliques. Jens marchait d'un bon pas entre chaque station de mesure. Nous sommes allés jusqu'à un belvédère en bois flotté érigé au milieu de l'île. De la plateforme, on embrassait tout le paysage, bien au-delà des contours de Samoylov. Jens m'a tendu les jumelles et de l'autre main m'a indiqué un promontoire rocheux.

— Là-bas, c'est Amerika Khaya, la « montagne de l'Amérique ». Regarde, au sommet se trouve une croix élevée en l'honneur des membres de la *Jeannette,* le navire d'une expédition arctique américaine broyé par les glaces en juin 1881. Les marins ont erré sur la banquise pendant plus de cent jours, en tirant les chaloupes en guise de traîneaux, avant de terminer leur voyage ici. Mais neuf d'entre eux ont survécu après avoir trouvé par miracle un campement iakoute plus au sud, au bord de la Léna.

Jens ne semblait pas prendre en compte la présence de Jeanne quand il parlait. Il ne s'adressait qu'à moi et c'était assez déconcertant. J'ai découvert aujourd'hui à quel point leur relation de travail l'était tout autant. Jeanne prenait des notes, des tas de notes avec un crayon à mine graphite parce que avec le froid l'encre gèle, et elle se hasardait parfois à donner un avis. Quand elle levait la tête de son carnet, c'était pour offrir son visage au soleil. Ses yeux se fermaient et tout son être semblait se détendre un peu. De fins cheveux s'accrochaient dans ses cils et à la commissure de ses lèvres. Des cheveux qu'elle a longs, blond vénitien, roux peut-être bien. Elle déployait sa silhouette gracile comme un harfang des neiges ses ailes. Ainsi offerte à l'astre solaire, Jeanne était éclatante et gracieuse. Dès que Jens la rappelait à l'ordre, rides et plis d'amertume entaillaient son visage et alourdissaient ses traits. Affichant une forme de nonchalance, Jens se montrait souvent intransigeant. J'étais presque certaine que ce type se faisait dicter sa contenance par son ego. Je ne sais pas ce qu'il venait chercher dans un périple comme celui dans lequel nous étions engagés. Peut-être s'était-il simplement, un jour, rêvé en Nansen ?

Les deux semaines écoulées depuis mon arrivée dans l'équipe m'ont permis de me faire une idée de la personnalité de chacun. Jens est le chef de cette expédition, je l'ai déjà dit, et il tient à ce que cela se sache. Sa stature et sa barbe presque blanche auraient pu suffire. Une barbe de pâtre grec. Quelque chose de protecteur émane de lui. Mais ce n'est qu'une image. Ouvert et accueillant les premiers jours, il a fini par se révéler omniscient, un rien pédant – mais ça va probablement de pair. L'air de rien, il contrôle tout, ce qui ne l'empêche pas d'être un joyeux compagnon dès lors qu'il y a quelque chose à boire. Je n'arrive pas bien à cerner Jeanne en revanche. Elle se comporte comme son bras droit. Ou plutôt comme son clerc, voire son obligée. Elle boit, dort et mange pour son travail. Je lui ai demandé où elle avait fait ses études et de quelle région elle venait, mais elle n'a répondu qu'évasivement à mes questions. J'ai cru comprendre qu'elle était originaire de Grenoble. Je ne sais pas si elle a des amis qui l'attendent quelque part, en tout cas elle ne semble pas avoir noué de liens avec l'équipage. J'ai le sentiment que Jens l'étouffe.

Louise et Margot, elles, passent l'essentiel de leur temps dans le laboratoire, les yeux rivés au microscope électronique le plus souvent. Elles profitent d'un équipement de pointe inespéré dans un endroit pareil : matériel pour les analyses biologiques et chimiques, centrifugeuses, analyseurs de gaz... L'équipe restée sur le bateau met pied à terre tous les jours, par binôme, afin qu'il y ait continuellement une présence à bord de *Yupik*. C'est étonnant de voir ces chercheurs s'activer comme des enfants dans un parc d'attractions. Ce qui me semblait hier encore n'être qu'une vaste étendue monotone se révèle riche de ses entrailles. Louise est la plus âgée des filles sur le bateau. Elle a exploré un tas d'endroits, tous plus improbables les uns que les autres, comme les îles Kerguelen, l'archipel de Crozet ou encore l'île Tristan da Cunha. Vive d'esprit, indépendante, rieuse, les cheveux bouclés, jamais coiffée si ce n'est, parfois, d'un inélégant bonnet péruvien, elle affiche invariablement sa bonne humeur. Margot et elle s'entendent à merveille, bien que Margot soit beaucoup plus jeune. C'est une spécialiste des virus et bactéries et, en l'absence de médecin, elle est officiellement responsable de la santé de tous à bord. Elle a fait un stage chez les urgentistes avant d'embarquer. Margot ne doit pas avoir plus de vingt-sept, vingt-huit ans. Elle est presque belle. Il arrive qu'elle le soit vraiment, suivant la lumière distillée par le ciel froid. Peut-être bien qu'elle ne veut pas de ce fardeau.

Zoé, la cuisinière, a vingt-cinq ans. Je le sais parce que j'ai entendu parler de son anniversaire, fêté par gros temps dans le détroit de Vilkitski, avec des growlers, ces blocs de glace détachés des icebergs, qui menaçaient d'entraver la route de *Yupik.* Zoé a un corps svelte qu'elle entretient. De nous tous, c'est la seule à avoir un enfant. Enfin, un très jeune enfant je veux dire, parce qu'il est probable que Jens ou Erwan en aient. Je me demande comment elle fait pour être ici, avec nous. Sa fille a l'âge qu'aurait aujourd'hui Zora. Elle dit que le père, dont elle est séparée, peut bien s'en occuper quelques mois. J'aimerais lui dire combien Zora me manque, combien elle doit manquer à sa fille, que ces moments passés loin d'elle ne se réécriront jamais.

Loïc, le second, affiche le calme et la désinvolture d'un coureur des mers. Il a navigué avec les plus grands lors de transats comme la Québec-Saint-Malo ou encore le trophée Jules-Verne, mais il me semble être plus « vagabond des mers du Sud » que compétiteur, plus Moitessier que Gabart. À vingt-neuf ans, il a accumulé une solide expérience. Il s'accorde sans connivence avec Erwan, le skipper. Ce dernier était patron de pêche à Lorient avant d'embarquer. Comme moi, il a répondu à une annonce de l'association Arctic Ocean Protect. Entre Loïc et lui, il y a juste un diplôme. Erwan a gardé dans son rapport aux autres la rudesse des mots, le langage que j'imagine être habituel sur un chalutier. Il avait besoin de faire autre chose, de quitter un armateur qui mettait la pression sur ses capitaines pour toujours plus de tonnage de poissons. De quoi vider les mers. Nous avons ça en commun, je crois, moi de mettre du vent dans mon quotidien et lui de changer d'océan. Il a trente-six ans et est plutôt facile à vivre, à condition de ne pas l'importuner.

J'ai hâte de reprendre la mer et de rejoindre notre lieu d'hivernage. J'espère qu'il n'est pas déjà trop tard.

Hier soir, à la fin du repas, après avoir bavardé un bon moment, Alexander, le chef de la station, nous a invités à aller au *banya,* le sauna traditionnel russe. C'est une simple baraque en bois située près d'un petit lac. Un ponton gris s'accroche au seuil de la porte et s'avance de deux bons mètres au-dessus des eaux noires. Jens, Louise, Margot et moi étions partants, les distractions étant ici aussi rares qu'un bosquet d'arbres. Valery, notre argousin, nous a bien évidemment accompagnés. C'est lui qui a allumé le poêle. Après avoir jeté de l'eau sur les briques chaudes, il s'est installé en conquérant à côté de Margot et de Louise, les bras étendus sur le dossier de la banquette en bois. Margot m'a dit :

— Tu ne peux pas lui demander d'aller s'asseoir ailleurs ?

— Non, je ne voudrais pas le froisser. Prends ça comme un compliment.

— Merci. Bonjour le compliment !

Louise et elle ont inversé leurs places et ça l'a amusé. Louise a un corps plus massif que Margot. Habituellement, elle le floute sous des vêtements amples, mais son maillot une pièce ne voilait plus rien de la courbe généreuse de ses hanches et de son imposante poitrine. Qu'importe, Louise est sûre d'elle. Un nuage de vapeur chaude a rapidement envahi la pièce. Valery nous a dit qu'il était iakoute, originaire d'Olenek, village situé un millier de kilomètres plus au sud, sur la rive du fleuve éponyme, accessible uniquement par avion. Que ses parents y élevaient encore des rennes. Malgré les réticences que nous avions eues pour l'accepter à bord, il s'avérait plutôt agréable à vivre. Jens nous a parlé de la banquise frappée d'anorexie, et moi, pour faire bonne figure, de la taïga en feu aperçue à travers le hublot de l'avion. Peu à peu, la chaleur accablante nous a assommés, le silence s'est installé et chacun s'est laissé glisser dans la torpeur du *banya*.

Alexander, Valery et Jens se sont levés de concert et nous ont invités à les suivre. Je les ai regardés s'immerger dans l'eau froide à deux ou trois reprises et revenir en marchant nonchalamment, comme si la froidure ne les affectait pas. J'y suis allée, sous les encouragements de Louise et de Margot qui étaient déjà en train de barboter. J'ai bien cru ne pas survivre au choc thermique. Valery a ouvert les premières bières. Jens et Alexander en avaient apporté plusieurs, beaucoup plus que ce qu'il est raisonnable de boire, ainsi qu'une bouteille de vodka.

— Je crains les hommes quand ils ont bu, a dit Louise. Soit ils deviennent mélancoliques et pleurnichent comme des gamins, soit ils deviennent trop entreprenants, et ces trois-là ne sont pas du genre à s'apitoyer sur leur sort.

Deux bières plus tard et autant de verres de vodka, Louise et Margot sont rentrées à la base. Je ne les ai pas suivies. La chaleur et l'alcool me faisaient du bien. Jens et Alexander échangeaient en allemand tandis que Valery et moi partagions nos impressions sur « ce monde qui part en couille ». Je ne sais si c'était dû aux vapeurs de vodka, mais il m'a semblé être dotée d'un esprit plus vif et plus fin que je ne le croyais. Je suis allée me coucher après avoir porté un tas de toasts : aux Iakoutes, aux Russes, à Poutine aussi je crois bien, à la France, à ses jolies femmes et à l'amitié franco-russe qui ne se concrétisait pas vraiment sur le plan administratif. Valery semblait déterminé à me raccompagner jusqu'à ma chambre. Je lui ai glissé à l'oreille :

— Ne t'emballe pas trop, je ne partage mon lit qu'avec des femmes.

Il m'a regardée avec effarement, avant d'éclater de rire. Il m'a demandé :

— Et Jeanne, elle est malade ?

— Non, je ne crois pas qu'elle apprécie ce genre de soirée.

Jens était tout près de nous. Entendant prononcer le nom de Jeanne, il a lancé :

— Qu'est-ce qu'il lui veut à Jeanne, notre militaire de service ?

— Il se demandait pourquoi elle n'était pas venue ce soir. Je lui ai dit que ces soirées n'étaient de toute évidence pas son style.

Jens a répondu en riant :

— Son style c'est son cul. Son style c'est ma loi quand elle s'y plie. Salope !

Je suis restée un moment abasourdie. Valery s'est mis à rire de bon cœur avec lui, parce que le rire est communicatif. Puis il m'a demandé ce que Jens venait de dire.

— Je n'ai pas bien compris, mais fiche la paix à Jeanne.

La grossière repartie de Jens m'avait dégrisée. Je suis sortie. Le froid, le silence et la nuit m'ont happée aussitôt la porte du *banya* refermée derrière moi. La station était fardée de lumière à la manière d'une usine pétrochimique. J'ai pressé le pas.

*18 septembre 2017,*
*station arctique de Samoylov, – 8°C*

Cette nuit, il y a eu des cris étouffés dans le couloir et un bruit de course. J'ai mis un peu de temps à réaliser puis à faire surface. Une fois éveillée, je n'étais plus sûre de rien. Je suis allée jusqu'à la porte et j'ai prêté l'oreille. En ouvrant, je n'ai trouvé qu'un silence noir et pesant. J'ai allumé le couloir et j'ai vu tout au bout, près du sas donnant accès à l'autre aile du bâtiment, une forme accroupie. Je me suis approchée. Jeanne avait sa veste sur les épaules et la tête dans les genoux. Je lui ai dit :

— Est-ce que ça va, Jeanne ?

C'était vraiment stupide comme question. Ça crevait les yeux qu'elle n'allait pas bien. J'ai posé ma main sur son épaule.

— Ne me touche pas !

Elle a crié ça en repoussant violemment mon bras.

— Je veux seulement t'aider. Dis-moi ce qui se passe.

— Laisse-moi.

— Tu veux que j'appelle quelqu'un ? Que j'aille chercher Jens ?

Elle a levé vers moi un regard humide. Elle était encore plus pâle que d'habitude, les yeux retranchés dans leurs orbites. C'était assez effrayant.

— Ne bouge pas, je vais prévenir Margot.

— Retourne te coucher.

Je suis malgré tout allée frapper à la porte de la chambre de Louise et Margot. C'est elle qui m'a ouvert.

— Qu'est-ce qui se passe ?

— Viens, s'il te plaît, Jeanne n'est pas bien du tout.

— Qu'est-ce qu'elle a ?

— Je n'en sais rien. Le mieux c'est que tu viennes voir.

— Elle est où ?

— Dans le couloir.

— Louise, amène-toi.

— Qu'est-ce qui se passe ?

— Jeanne a trop bu !

— T'es sérieuse ?

— Je déconne. Anna dit qu'elle ne va pas bien.

— Elle était avec elle ?

— Pose pas tant de questions, dépêche-toi.

Quand nous sommes arrivées au fond du couloir, elle avait disparu. On a entendu de l'eau couler dans les douches. Margot est entrée. Elle est ressortie quelques instants plus tard.

— Jeanne est là. Elle dit que ça va, mais j'ai du mal à la croire. Je sais qu'elle est matinale, mais prendre une douche à trois heures du mat, c'est quand même un peu tôt. Je vais aller voir si je peux trouver des anxiolytiques à l'infirmerie, elle a dû faire une crise d'angoisse. Je m'en occupe, tu peux retourner te coucher, Anna.

C'est ce que j'ai fait. Un sérieux mal de tête me vrillait l'esprit mais j'étais rassurée de savoir Jeanne avec Louise et Margot.

Loïc est arrivé avec le Zodiac vers neuf heures trente. Aujourd'hui, nous retournons à Tiksi. On espère tous que les autorisations nous y attendent et que l'on pourra reprendre la mer avant que les glaces ne figent les eaux du port. On a été informés de l'avancée des négociations par les responsables de l'association. Ils ont fait le voyage jusqu'à Moscou pour tenter de débloquer la situation. Des officiels doivent faire le trajet depuis Iakoutsk pour nous rencontrer en fin de journée et il ne faudrait pas rater le rendez-vous.

Jeanne était avec nous au petit déjeuner. Elle avait toujours mauvaise mine, peut-être pire encore avec la lumière blafarde qui ombrait ses joues creuses. J'ai interrogé Louise à son sujet, mais elle n'en savait pas plus. Elle m'a dit qu'elle allait en parler à Jens, que son état n'était pas compatible avec un hivernage et la promiscuité imposée par l'exiguïté du bateau. Je n'étais pas certaine que ce soit la meilleure chose à faire et je le lui ai dit.

— Tu proposes quoi ?

— J'attendrais d'en savoir un peu plus.

— Un peu plus sur quoi ?

— Sur ce qui ne va pas. Je me demande si elle ne s'est pas fait agresser. Ça m'est venu à l'esprit cette nuit.

— Qu'est-ce qui te fait dire ça ?

— La douche peut-être… Et puis elle avait l'air tellement secouée !

— Violée tu veux dire ? Non, c'est impossible. Par qui ? Valery, Alexander ? Non, ça me paraît invraisemblable.

— Jens serait plus crédible. Je ne le sens pas ce type. Hier soir, après votre départ, il a sorti un truc vraiment dégueulasse sur Jeanne.

— Du genre ?

— Que son style c'est son cul, sa loi, une connerie de ce genre.

Ça l'a fait rire.

— Il aime citer Ferré, c'est son truc. Jens a l'humour carabin, mais ça ne fait pas de lui un violeur.

Pour le coup, je ne savais plus bien quoi penser. Mais ce dont j'étais certaine, c'est qu'une fois qu'on aura levé l'ancre pour aller s'amarrer à la banquise, il n'y aura plus d'alternative, plus de retour possible…

Nous avons appareillé en milieu de matinée et regardé la station s'éloigner. J'ai fait une série de photos pendant ce séjour pour illustrer les articles que je mets en ligne sur le blog de l'association. Jens en vérifie chaque fois minutieusement le contenu et me demande presque systématiquement des ajustements. C'est très pénible.

Découvrir la station arctique de Samoylov a été une véritable chance, mais retrouver le bateau, c'est reprendre le cours de l'expédition. L'ambiance à bord, avec son large carré aux boiseries vernies, est infiniment plus chaleureuse que les murs blancs et les meubles stratifiés de la base. Le ciel est froid et neigeux. *Yupik* glisse sur les eaux calmes du fleuve. Nous allons bientôt quitter la Léna et ses eaux cendrées qui dévalent les monts Baïkal avant de traverser de vastes contrées inhospitalières. Elles se laisseront prendre par les glaces dans quelques semaines et renaîtront au printemps dans un bouillonnement dévastateur. Malgré la température, tout le monde est sur le pont. Demain nous ferons le plein de gasoil et ce sera le grand départ vers la banquise.

*8 janvier 2019, laudes à la Vierge*

À cette heure, il devrait s'adonner à l'office à la Vierge, mais il n'a jamais beaucoup aimé cette dévotion. Les premiers jours de son postulat, il évitait de regarder sa statue située dans l'Ave Maria, le vestibule qui donne accès à la cellule des moines. La Vierge le met mal à l'aise. Il ne peut s'épancher devant elle et ouvrir son cœur comme il le fait avec Dieu. Dieu l'entend, Dieu l'écoute, Dieu le comprend et pardonne. Agenouillé devant l'oratoire, Dom Joseph se perd dans ses pensées. Le carnet d'Anna l'appelle. Il se lève et murmure :

— Seigneur, ouvre mes lèvres et ma bouche publiera ta louange.

Les images que cette phrase soulève en lui n'ont rien de pieux. Il récite mécaniquement un psaume invitatoire :

— Bienheureuse Vierge Marie ! Tu as reçu la Parole de Dieu… Oui, le grand Dieu, c'est le Seigneur, le grand roi au-dessus de tous les dieux. Il tient en main les profondeurs de la terre et les sommets des montagnes sont à lui. À lui la mer, c'est lui qui l'a faite, et les terres, car ses mains les ont pétries.

Il se redresse, attrape le bougeoir et se dirige vers la table. Les ombres se déplacent avec lui. Il fait vite. Dom Joseph craint les ombres mouvantes. Sur le rebord de sa fenêtre, une chouette effraie se pose sans un bruit. Elle loge dans le grenier, au-dessus de sa cellule. La dame blanche vient chercher les morceaux de poisson qu'il dépose à son intention. L'oiseau au masque blanc le fascine. Il l'entend parfois la nuit. Son chant le terrifiait les premiers temps. C'était avant qu'il ne la voie. En apprivoisant la chouette, il a appris à apprivoiser ses peurs. Il voudrait être un harfang des neiges pour suivre Anna, embarquer à ses côtés vers le grand silence et la blancheur immaculée de la banquise. Des mois durant il a cherché à écrire à sa sœur. Dieu sait qu'il a essayé de toutes ses forces, mais il ne peut coucher un mot à la suite de l'autre. Rien ne s'articule comme il le souhaiterait. Zora est au ciel et il y a tant de choses difficiles à dire que les mots se bousculent dans son esprit, s'entrechoquent et perdent tout leur sens. Il est tard. Il frissonne. Le feu s'est éteint et les bûches manquent. Il devrait aller en chercher, mais c'est au-dessus de ses forces. Descendre au bûcher la nuit sonne dans son esprit comme une sentence.

Dom Joseph rejoint l'alcôve où est enchâssé son lit et tire à lui le pesant édredon. Il est tard. Il lui faut trouver le sommeil. Dans quatre heures la cloche de la chapelle sonnera l'angélus.

*23 septembre 2017, Tiksi, – 6°C*

Les officiels sont arrivés avec cinq jours de retard à cause du mauvais temps. Cinq longues journées. C'est fascinant comme le temps est élastique. On pense qu'il n'y a que vingt-quatre heures dans une journée alors que ça peut tout aussi bien être dix-huit ou trente. On devrait parler du temps « ressenti » comme on le fait avec le froid. Ces journées coincées à quai étaient de celles qui semblent ne jamais vouloir prendre fin. Des bourrasques dévalaient des sommets avoisinants et venaient malmener *Yupik* jusque dans le port. Les rappels du bateau sur ses amarres étaient secs et le rendaient très inconfortable. Il n'y a pas que le bateau qui était malmené. L'attente, l'inconfort et le mauvais temps pesaient sur l'esprit de chacun d'entre nous. Le seul avantage de ce vent tempétueux et des averses impromptues était que l'on ne voyait plus les garde-côtes et que les goélands avaient cessé de maculer le pont du bateau de leur guano. Nous errions par groupes, toujours les mêmes, ceux institués lors de notre séjour dans la station arctique de Samoylov : les marins d'un côté et les scientifiques du leur.

Zoé avait toujours à faire à bord et ne mettait que rarement pied à terre. Les repas faisaient le lien.

J'aimais assez accompagner Erwan et Loïc. Ils passaient leur fin de journée dans un bar à boire de la bière en compagnie de quelques locaux. Des gars qui travaillaient à la maintenance du réseau d'eau ou de chauffage le jour et rêvaient d'un ailleurs la nuit. Le plus âgé avait autrefois creusé des galeries dans les mines de charbon avec le projet d'amasser suffisamment d'argent pour acheter un appartement à Moscou ou Saint-Pétersbourg. À cinquante-cinq ans, il avait atteint le seuil d'espérance de vie dans ce bout du monde et n'atteindrait probablement jamais l'âge de la retraite. Ils étaient homophobes, craignant l'homosexualité comme on craint de croiser le virus Ebola, ponctuaient leurs phrases d'insultes salaces, mais portaient en eux la douceur, la chaleur et la fraternité des hommes auxquels il ne reste qu'une branche à laquelle s'agripper : l'amitié.

Le troisième jour, en début de matinée, Jeanne est venue me voir. Elle m'a dit :

— Tu sors aujourd'hui ?

— Oui. Il n'y a bien que les marins pour trouver leur équilibre sur le bateau.

— Tu crois qu'il y a des coiffeurs dans cette ville ?

J'ai été surprise par sa question un rien incongrue. Jeanne avait de beaux et longs cheveux, mais elle ne semblait pas leur prêter une attention particulière.

— Oui, on devrait pouvoir trouver ça... Je t'accompagnerai avec plaisir. Autant profiter de ce temps perdu pour prendre soin de nous.

J'étais heureuse à l'idée de pouvoir partager quelque chose avec elle.

Dès la fin de l'averse, nous sommes sorties. Nous avons marché côte à côte jusqu'à l'artère principale de Tiksi. J'ai bien tenté de nouer le dialogue, mais Jeanne ne faisait aucun effort pour se montrer avenante. Mes mots glissaient sur elle comme la pluie sur nos vestes de quart.

Nous avons eu du mal à dénicher un salon de coiffure. Les femmes nous indiquaient toutes des coiffeuses spécialistes du bigoudi et de la mise en plis travaillant à domicile. J'ai craint un moment que nous rentrions bredouilles. Nous avons fini par tomber sur un salon assez bien équipé, au troisième étage d'une barre étayée par des poutrelles métalliques. La partie nord de l'immeuble était ouverte comme une maison de poupée et offrait les couleurs criardes de ses tapisseries au ciel bas. On distinguait des cuisines, des lits perchés sur des dalles inclinées, des douches exposées à tous les vents. C'était effrayant, désolant et fascinant à la fois.

Il y avait du monde et nous avons patienté en feuilletant des magazines, comme nous l'aurions fait chez n'importe quel coiffeur d'Europe. Quand un fauteuil s'est libéré, Jeanne m'a dit :

— Ça t'ennuie si je passe avant toi ?

— Non, pas du tout.

Elle s'est assise. Je la sentais tendue. La coiffeuse lui a adressé un sourire auquel elle n'a pas répondu.

— Tu peux traduire ?

— Je t'écoute.

Jeanne a demandé une coupe au carré. La coiffeuse lui a dit que c'était dommage de vouloir couper ses jolis cheveux, que ça plaisait aux hommes. Elle a rétorqué :

— Court, le carré. Je voudrais une couleur aussi.

Quand nous sommes ressorties, deux heures plus tard, Jeanne avait les cheveux de ce rouge vif qui me fait me retourner dans la rue sur les femmes affichant cette excentricité capillaire. Elle avait le côté droit presque entièrement rasé et l'autre coupé au carré. Il ne lui manquait que quelques piercings pour parfaire son look rebelle. Jeanne marquait sans doute ainsi une forme de lutte et j'ai pensé que ça pouvait lui être salutaire. Elle a enfilé son bonnet et nous sommes rentrées comme nous étions venues, en écoutant le monologue plaintif du vent.

Au moment de monter sur le bateau, elle s'est montrée hésitante. Je l'ai encouragée du regard. Elle m'a demandé :

— C'est moche comment, Anna ?

J'ai répondu :

— Assez, je suppose…

Elle a esquissé un sourire triste.

Au moment du repas, Jeanne n'est pas passée inaperçue, mais les commentaires sont restés feutrés ou faussement flatteurs. J'ai observé Jens, il feignait de ne pas voir ce qui sautait aux yeux.

*24 septembre 2017, île aux mammouths, – 5°C*

Nous avons enfin quitté Tiksi. Valery, de retour à bord, a trouvé du gasoil pour le bateau, qui s'est avéré être du kérosène subtilisé sur la base militaire et qu'il a fallu lui payer en liquide. Le ciel était, sans surprise, couvert et la mer formée. Mon estomac, à la peine. Romane, te souviens-tu de cette tempête qui nous avait retenues toute une journée au large d'Ajaccio ? On mangeait des pâtes froides au thon en se disant que c'était efficace pour lutter contre le mal de mer. Là je me demandais comment j'allais supporter les heures à venir. L'odeur de la garrigue se jouait des embruns et venait envahir mes pensées. Après quelques jours de marche sur d'étroits sentiers, ta peau s'était imprégnée d'essences de ciste et de myrte. Les fleurs blanches et roses s'ouvraient à ton passage et semaient quelques pétales sur tes jambes ambrées. À chaque départ, c'est pareil. J'ai la douloureuse impression de m'éloigner de toi, de t'abandonner une nouvelle fois. Zora aussi me manque affreusement. Je dois contenir une furieuse envie de tout quitter et de retourner à l'appartement. Plonger mon nez dans ses affaires, respirer son odeur, me répandre dans ses peluches… J'en viendrais même à regretter de ne plus entendre la chanson de *La Petite Sirène*... C'est dans le fracas de l'absence que l'on mesure les bonheurs de nos vies. C'est dans le silence des photographies que l'on puise nos plus beaux sourires. Je suis tétanisée par ce constat.

À cette latitude, nous aurions croisé un brise-glace, cela n'aurait choqué personne, mais c'est une petite embarcation à moteur que nous avons aperçue. Un homme nous faisait signe avec un vêtement. Valery a dit que c'était possiblement un pêcheur qui avait des poissons à vendre. J'étais surprise qu'un pêcheur soit en mer par ce temps incertain et agité. Erwan a infléchi sa trajectoire pour aller à sa rencontre. Nous avons trouvé un vieil homme très fatigué. Il n'avait rien à proposer, à part sa détresse. Ses signes étaient des SOS. Il dérivait dans une embarcation au moteur hors-bord en partie démonté. Il nous a dit que son fils avait besoin d'aide. Qu'ils avaient eu un grave accident sur l'île de la Grande Liakhov et que le temps pressait. Le moteur de son bateau avait eu un problème tandis qu'il tentait de rejoindre Tiksi pour aller chercher des secours. Nous l'avons installé sur une des banquettes du carré et Zoé lui a proposé du café et un repas. Erwan m'a demandé d'appeler le port de Tiksi par radio pour exposer la situation, mais c'est la station météo qui a répondu.

— On n'a aucun moyen pour aller là-bas. Le mieux c'est de le ramener à Tiksi et de prévenir les garde-côtes, il n'y a qu'eux pour faire quelque chose. Je vais les contacter de mon côté.

Le type a ajouté que cet homme était sûrement un de ces chasseurs de mammouths qui sillonnent la toundra à la recherche de carcasses pour en récupérer les défenses.

Erwan était dubitatif quant à la mise en œuvre d'une équipe de secours par les garde-côtes.

— Anna, demande-lui de nous montrer sur une carte l'endroit où se trouve son fils.

J'ai traduit pour le vieil homme. Il nous a indiqué un point sur la côte est de l'île. En me tirant vers lui par la manche, il m'a dit :

— Il faut aller chercher Semyon. Le mauvais temps arrive. Il faut faire vite. Je vous montrerai quelque chose, quelque chose que personne n'a encore jamais vu.

J'ai rapporté ça à Jens, mais ça l'a laissé indifférent.

— Il croit qu'on est venus faire quoi ici ? On a une mission à accomplir. Ce bateau est un laboratoire, pas une ambulance. On va contacter la base militaire de l'île Kotelny et demander si on peut le débarquer là-bas. C'est sur notre route et ils géreront ça mieux que nous.

Zoé était stupéfaite de la réponse de Jens.

— On ne peut pas ne pas porter secours à ces gens !

— Je ne vois pas ce qu'on peut faire de plus, désolé !

— C'est moi le capitaine de ce bateau, a tranché Erwan. On fait route vers la côte. On sera sur place dans une heure environ. Jens, tu vois qui descend à terre. Pas plus de cinq personnes. Loïc vous déposera avec le Zodiac. Combinaison étanche obligatoire pour débarquer, ça va secouer ! Il faut en trouver une pour le chasseur de mammouths.

Margot a ajouté :

— Je m'occupe de la pharmacie et du sac de secours.

Quand j'ai dit que je tenais à les accompagner, Jens a lâché :

— Tu vas être un poids plus qu'une aide, mais tu seras malgré tout moins inutile à terre que sur le bateau.

Je commençais à comprendre ce qui avait poussé mon prédécesseur à quitter le bord.

Avant midi, *Yupik* a jeté l'ancre à bonne distance d'une courte plage. Trois cabanes étaient implantées un peu en retrait. Nous avons embarqué tous les quatre, le chasseur de mammouths, Jens, Margot et moi. Valery n'a pas souhaité quitter le bateau, qu'il était implicitement chargé de surveiller. Avec la houle, le Zodiac tapait dans les vagues en levant des gerbes d'eau qui nous retombaient lourdement dessus. Loïc nous a déposés sur la plage encombrée de bois flotté. Nous étions trempés. Le débarquement a été assez sportif. Sans la combinaison étanche, avec le froid mordant, l'opération de secours se serait arrêtée là. Valery nous avait expliqué en observant la carte que le coin était appelé Zimovie, ce qui signifie prosaïquement « cabane », nom donné en Sibérie à ces datchas isolées, élevées à l'orée de rien par les premiers chasseurs ou explorateurs à parcourir ces terres sauvages. Les baraques en ruine étaient les vestiges d'une station météo. Il y avait partout autour des barils de pétrole rouillés, une carcasse d'engin à chenilles et tout un tas de ferraille. Le chasseur de mammouths est allé chercher dans un des baraquements ce qui ressemblait vaguement à une motoneige. Sur cette machine antédiluvienne, tractant un massif traîneau, il nous a conduits jusqu'à son fils à travers la toundra. Il gisait sous un abri de fortune, une armature en bois recouverte d'une bâche sur laquelle étaient empilés des blocs de toundra pour le fondre dans le paysage et éviter d'attirer l'attention lors du survol éventuel d'avions militaires. Le vieux Iakoute a dit : « C'est moi, Semyon, je suis de retour », puis il a allumé une lampe à pétrole suspendue au plafond. Ce que nous avons découvert était terrible. La peau du visage du garçon partait en lambeaux. Sa température était élevée. Il gémissait. J'ai demandé au père ce qui s'était passé.

— On creusait et il y a eu une explosion.

— Une explosion ? Comment ça, une explosion ?

Il a haussé les épaules pour dire son incompréhension. J'ai posé la question à Jens.

— Une bulle de méthane probablement. Il y en a d'énormes quantités sous nos pieds. La chaleur active la décomposition des matières organiques qui produisent le méthane, or chaque nouvel été est plus chaud que le précédent… Il arrive que ces bulles explosent sous l'effet de la pression. Ils dégageaient quoi ? Une défense de mammouth ? Demande-lui s'ils en ont trouvé beaucoup.

— Ce n'est vraiment pas le moment, Jens ! Il faut faire boire ce pauvre garçon et désinfecter ses plaies.

Margot a pris les choses en main.

— J'ai des compresses stériles dans le sac de secours et du tulle gras. De la morphine aussi. Je vais lui en injecter trois milligrammes. Je lui ferai une autre injection dans une demi-heure, s'il la supporte bien. Donne-moi un coup de main, s'il te plaît.

— Tu sais faire ça ?

— Jusqu'ici, j'ai surtout piqué des souris, mais ça devrait aller. Il y a un hôpital à Tiksi ?

Je me suis tournée vers le vieil homme. Sa peau était parcheminée, mais peut-être n'était-ce que la conséquence d'une vie rude, dans un climat qui l'est tout autant, plus que l'accumulation des années.

— Oui, il y a un hôpital. Il faut que l'on retourne se mettre à l'abri à Zimovie avant qu'une tempête se lève.

Je me suis demandé pourquoi une tempête devrait obligatoirement se lever, et pourquoi se mettre à l'abri dans un baraquement en ruine plutôt que de rejoindre le bateau, mais j'ai gardé cette réflexion pour moi. Il y avait plus urgent à faire.

Le vieux chasseur a allumé le petit poêle en tôle, puis il a posé dessus une bouilloire cabossée. Du bois, ce n'était pas ce qui manquait sur la plage où nous avions débarqué. Je me demandais sur quelles côtes boisées les courants s'approvisionnaient avant de déposer sur ces terres polaires des troncs blancs comme des os de baleine. Après avoir terminé les soins, nous avons placé Semyon dans une couverture pour le transporter jusqu'au traîneau. Son père a rempli d'eau chaude une bouillotte en cuir qu'il a glissée sous les peaux qui protégeaient son fils. La nuit était tombée et un vent glacial soufflait en rafales. Nous avons rapidement quitté les lieux. Les bourrasques couvraient par moments le bruit du moteur de la motoneige qui avançait doucement sur le terrain chaotique. Nous marchions tous derrière pour rendre l'engin plus manœuvrant. Puis la neige est venue zébrer le trait de lumière de son phare. Elle formait un halo mouvant que nous suivions sans douter un instant de la capacité du vieil homme à s'orienter malgré l'obscurité et la tempête. Nous nous en remettions à lui. « Tous derrière et lui devant », c'est ce qui m'est venu à l'esprit. Je ne sais pourquoi mes pensées vagabondent autant quand je marche, m'emmenant souvent sur des chemins que je ne veux pas suivre. « Le petit cheval dans le mauvais temps. Qu'il avait donc du courage ! C'était un petit cheval blanc, tous derrière et lui devant. Il est mort sans voir le beau temps. Qu'il avait donc du courage ! Il est mort sans voir le printemps ni derrière ni devant*. » Ce poème me faisait pleurer quand j'étais enfant. J'étais incapable de le réciter. Et là encore, il n'était pas loin de me tirer quelques larmes. Ça m'a fait sourire de sentir remonter cette complainte ici, dans l'austérité arctique. Un sourire peiné. La tempête sans doute, la tempête et le sort de Semyon, à peine sorti de l'adolescence et à l'avenir si ténu.

---

* Paul Fort, « Complainte du petit cheval blanc », in *Ballades du beau hasard.*

*24 septembre 2017, île aux mammouths, – 11°C*

Le retour vers la station météo abandonnée nous a semblé interminable. L'obscurité pesait sur nos épaules et la neige nous fouettait le visage. Puis notre cortège s'est arrêté sans que l'on sache pourquoi. Le père de Semyon a dit :

— Vite, portons-le à l'intérieur.

La silhouette d'une cabane se dessinait dans le halo de nos lampes frontales, là, à deux pas. Nous aurions pu passer cent fois devant sans rien remarquer. Je ne sais quel sens inné avait guidé le vieux chasseur dans la tempête. Jens a ouvert la porte, allumé une lampe à pétrole. Il a ensuite appelé Erwan avec la radio VHF pour lui dire que nous étions rentrés aux baraquements avec le jeune Semyon. Erwan a répondu qu'il devait aller mettre le bateau en sécurité à Tiksi. La situation n'était pas tenable à cause du chargement embarqué en prévision de l'hivernage.

Après avoir pris soin de Semyon, nous nous sommes installés autour de la table sans bien savoir quoi nous dire, un rien dépités. L'état du jeune garçon nous accablait. La tempête nous avait étourdis. L'intérieur de la station était en accord avec l'humeur du moment : des restes de matériel électronique, des livres de Lénine, Staline et un de Trotski, rongés par l'humidité. Quarante ans de rivalités couchées sur du papier moisi… Sur une étagère, du pain couvert d'une mousse grise et des revues pornos. Chaque époque laisse son empreinte. Nous avons mangé sans échanger beaucoup de mots. Le chasseur d'ivoire a juste dit qu'il s'appelait Evgueni, qu'il venait d'un village situé sur la rive de la Léna, à une centaine de kilomètres de Tiksi. Après le repas, je suis allée m'allonger. Semyon et son père ont échangé quelques mots en iakoute, une langue bien différente du russe. Blottie dans mon sac de couchage, je me suis laissé bercer par les harmoniques de cette langue altaïque et celles du vent sifflant dans les encoignures de la cabane.

Le lendemain, une neige légère courait sur la toundra, poussée par de violentes rafales. L'état de Semyon ne s'était pas amélioré. Erwan nous a appelés sur le téléphone par satellite pour dire qu'ils avaient fait bonne route, qu'au large il y avait des creux de huit à neuf mètres et que la météo ne prévoyait rien de bon dans les heures à venir. Il allait nous falloir patienter. Tandis que Margot restait aux côtés du jeune garçon, Evgueni nous a emmenés sur le lieu de l'accident. Nous avons découvert une étonnante excavation, parfaitement circulaire, profonde d'une bonne dizaine de mètres. Des blocs de glace étaient éparpillés partout autour. Dans la partie supérieure, une défense de mammouth brisée sortait d'un lit de terre et de glace mêlées. Jens était perplexe.

— J'imagine que cette défense marque le fond du trou que vous aviez creusé avant l'explosion.

Evgueni a acquiescé.

— Ça en dit long sur la concentration de gaz. Des cratères de ce type ont déjà été observés et ça a interpellé la communauté scientifique pendant pas mal de temps, jusqu'à ce que des éleveurs de rennes relatent avoir entendu de puissantes détonations et aperçu des boules de feu. Les plus gros cratères découverts sont profonds de plus de soixante-dix mètres. Pour dire les choses franchement, la toundra est devenue un champ de mines et on a le cul posé dessus.

— Tu veux dire qu'on est en danger ?

— Tout est dangereux par ici, mais le vrai danger du méthane, c'est que c'est un gaz à effet de serre vingt fois plus puissant que le CO2. Un puissant accélérateur pour le réchauffement climatique. Je t'accorde qu'avec la météo d'aujourd'hui ce n'est pas flagrant.

— Cette défense de mammouth me semble énorme.

— Elle l'est. La partie encore scellée dans la glace doit être longue de près de deux mètres. Cet endroit est appelé l'« île aux mammouths ». Avec le réchauffement climatique, trouver des défenses est devenu plus facile. L'activité a pris des proportions alarmantes. Les chasseurs vont jusqu'à utiliser des lances à eau pour extraire l'ivoire. Ils ravinent ainsi des tas de sites. Certains sont probablement d'une valeur scientifique inestimable, comment savoir ? Ces îles de Nouvelle-Sibérie ont été classées réserve naturelle tout récemment.

— Le commerce de l'ivoire est pourtant interdit !

— L'ivoire d'éléphant, oui, pas celui fossilisé des mammouths. Ce qui est interdit ici en revanche, c'est de faire des fouilles, et tu peux être certaine qu'Evgueni n'a pas la moitié d'une autorisation.

— Evgueni, vous êtes nombreux à chercher de l'ivoire ?

— Cet été, on a rencontré une dizaine de gars…

— Qu'est-ce que vous risquez ?

— La confiscation de l'ivoire et un séjour en prison. Il faut payer les militaires pour éviter ça. Il arrive qu'ils veuillent aussi nos femmes ou nos filles…

La corruption des militaires est bien connue ici et personne n'ignore qu'il vaut mieux ne pas avoir affaire à eux. Nous avons ramassé plusieurs blocs de glace, une glace vieille de plus de cinquante mille ans d'après Jens. J'ai appris qu'elle piégeait des tas de choses – des micro-organismes, du pollen, des bactéries, des virus et des bulles d'air – extrêmement précieuses pour comprendre le climat passé et connaître la flore qui couvrait ces territoires. Et moi, que devrais-je prélever en moi pour comprendre tout ce que je ne m'explique pas ?

*8 janvier 2019, prime*

L'aube est glaciale. Dom Joseph sort avec peine de sa couche. Les nuits sont courtes au monastère. Il va à la fenêtre. Les lattes du parquet gémissent les unes après les autres sous ses pas. Dehors il fait sombre. Pourtant, la neige tombée pendant la nuit rayonne d'une lueur spectrale. Il se dit que le ciel doit être laid. Que toute la journée sera laide, que ce sera une journée pour rien.

Il fait un peu de ménage, enfile sa chasuble et cherche un endroit où cacher le carnet d'Anna. Rien ne lui vient à l'esprit. Il est persuadé que le Père Maître connaît tous les recoins des cellules. Après son retard aux matines, il ne va pas manquer de passer le voir. Avant la messe de huit heures peut-être bien, sinon ce sera pour tierce, il en fait le pari. Ce carnet l'attire autant qu'il lui brûle les doigts.

Dom Joseph descend au promenoir. Ouvert sur le jardin clos, il sent l'humidité. Il n'aime guère cet endroit. C'est le préau de son enfance. Celle qui a suivi la mort de sa mère. Celle de la pension figée dans l'austérité ecclésiastique, dans l'odeur fade de poussière et les mélancoliques poèmes de René Guy Cadou. Il entre dans l'atelier, là où il coupe ses bûches et se livre parfois à de menus travaux manuels. Il pose le carnet dans la caisse à outils. La pièce n'est pas chauffée, mais pour quelques minutes, quelques heures peut-être, il ne craint rien. Il est heureux d'avoir dissimulé son tourment. Dom Joseph remonte avec le porte-bûches chargé. Il allume le poêle. Les flammes dansent en faisant craquer le petit bois. Il glisse deux bûches dans le foyer. Il essuie ses mains sur sa robe quand deux coups résonnent à sa porte qui s'ouvre dans l'instant. Le Père Maître le regarde avec célérité. C'est à peine s'il le voit. Il passe devant lui et observe la cellule avec un air détaché. Il n'y a guère de sollicitude dans sa façon d'être.

— Bonjour, mon père.

— Je te dérange dans ton oraison ! Quelle lecture nous as-tu préparée pour l'office ? Tu n'as pas oublié que tu officiais ? C'est un privilège que de partager son amour du Christ avec ses frères.

Ça lui était sorti de l'esprit, à Dom Joseph, cette lecture des textes sacrés. Il ne pouvait confier que sa sœur venait de s'immiscer dans sa vie de Chartreux sans crier gare. Que les pages de son carnet de voyage le rendaient nerveux. Qu'il était aussi impatient qu'inquiet d'en poursuivre la lecture.

— Je n'ai pas encore arrêté mon choix…

— Il te reste peu de temps… Ta vie doit être éclairée par la sapience. La sapience et l'amour de Dieu. Le novice ne doit pas se laisser écraser par les tentations : elles sont la part de qui accompagne le Christ au désert. La ponctualité aux offices témoigne de l'empressement de celui qui donne sa vie au Christ à le rejoindre en communion. Être en retard, c'est lui faire offense.

— Je suis désolé, mon père.

— Souhaites-tu te confesser ?

— Il n'y a rien dans mes actes qui puisse avoir offensé Dieu.

— Seul notre Maître est apte à en juger.

— Excusez-moi, je suis présomptueux.

— La vanité est une luxure. Dis-moi ce qui te préoccupe.

— Ma vie passée me revient parfois en mémoire et une profonde mélancolie m'étreint alors.

— La famille, les déceptions et nos erreurs passées doivent être reléguées au rang de simples balises de notre existence. Ta seule motivation doit être la recherche des valeurs éternelles, la recherche de Dieu, même si aujourd'hui tu ne la perçois pas toujours clairement.

— Je ne suis pas digne de vous.

— Il y a également une luxure de l'humilité et tu viens de mettre un pied dedans !

— Que dois-je faire, mon père ?

— Échenille ta prière jusqu'à ce qu'elle devienne un simple regard amoureux vers le Seigneur. Tu as encore beaucoup à apprendre sur l'oraison de quiétude.

— Et si j'avais fait le mal ?

— Tu t'en serais confessé…

— Sans doute…

— Ne te méprise point.

Pour la première fois depuis le début de son noviciat, Dom Joseph venait de trouver un certain réconfort dans la visite du Père Maître des novices. Il repère rapidement le chapitre de la première lettre de saint Paul aux Corinthiens dans le Nouveau Testament et y glisse une figure pieuse. Pour l'avoir maintes fois rebattu, il connaît ce passage de la Bible par cœur.

*27 septembre 2017, île aux mammouths, 2°C*

Il était sept heures du matin. Le jour se levait. La pluie battait les vitres et coulait sur le rebord de la fenêtre. Une pluie poisseuse, froide et déconcertante. Absurde comme la mort. Absurde comme la vie. Au-dessus de la table, la lampe à pétrole éclairait les reliefs du repas de la veille. L'eau chantait dans la bouilloire. Evgueni était à la fenêtre. Il observait un renard qui chassait. Surpris par le brusque sursaut de l'automne, les lemmings étaient de sortie. Y a-t-il seulement un automne en Sibérie ? Je me demandais ce qu'il voyait en lui, Evgueni. L'esprit de son fils condamné à arpenter la toundra par tous les temps, à endurer toutes les froidures, ou simplement une once de vie après la mort ? Semyon a beaucoup souffert. Atrocement. Margot n'avait plus de morphine à lui injecter dans les veines. Il a expiré avant l'aube. Ce sont les pleurs et les chants d'Evgueni qui m'ont réveillée. Des chants chamaniques qui rappelaient étrangement les incantations amérindiennes. Il a apprêté son fils du mieux qu'il pouvait, puis il a enfermé son corps dans une peau de renne qu'il a sanglée avec des lanières découpées dans de mêmes peaux. Quelle différence y a-t-il entre un défunt ici et un trépassé dans la vallée du Grésivaudan ? La douleur est sans frontière, sans ethnie. Evgueni a pleuré comme j'ai pleuré Zora. Comme je t'ai pleurée, Romane. Je dois te dire cela, te l'écrire, pour que cela reste.

Quand je t'ai retrouvée, tu gisais sur le chariot d'une morgue, le visage cyanosé. Il m'a fallu quelques instants avant que la réalité ne foudroie mon esprit. Mes nuits ont été hantées par tes cris, tes demandes de pardon, tes supplications. Je t'en ai voulu. Pendant toutes les semaines qui ont suivi la mort de Zora, je t'en ai voulu. Après ta mort aussi, parce que je considérais que c'était une fuite, un abandon et une double sentence pour moi. C'était déjà tellement difficile avant… C'était stupide. Stupide et cruel. J'ai beaucoup de mal à admettre que je t'ai fait ça. Pardonne-moi. D'où tu es, pardonne-moi si tu le peux. Zora était ravie d'aller chez tes parents parce qu'ils avaient une belle piscine et qu'elle adorait nager. Bien sûr, ce n'est pas ce que tu avais prévu. Personne ne pouvait imaginer cela. C'était juste cinq minutes d'inattention diluées dans le fatras d'une journée. Cinq minutes et Zora qui gisait dans l'eau, la tête ensanglantée. Aujourd'hui, je me rends bien compte que la chance a souvent été de notre côté, avec Zora. Dans une somme infinie de détails qui, à bien y regarder, auraient pu être dramatiques. C'est la même chose pour tous les parents, j'imagine. Ce jour-là, la chance nous a tourné le dos. La glissade a été fatale. La vie est ainsi faite, tellement imprévisible et injuste.

Je demanderai à Evgueni de m'apprendre une de ses incantations et je la psalmodierai sur vos tombes en guise de requiem. Je ne sais pas précisément où est la tienne. Le jour de ton enterrement, j'ai coupé mon téléphone pour ne pas avoir à répondre aux appels de ta mère. À ses tentatives maladroites de s'excuser. J'étais loin de Grenoble ce jour-là, dans une maison au milieu d'une orangeraie, sur la côte ligure. Je m'étais imaginé que la lumière et l'harmonie des lieux feraient écran à la noirceur. Mais je pleurais le jour et traversais le côté noir de la terre sans trouver le sommeil. Le lent murmure du ressac en bas des falaises et l'envoûtant parfum des pins et des orangers creusaient plus encore l'abominable abîme de vos absences. Je m'en veux effroyablement. J'ai longtemps atermoyé la réflexion qui devait me mettre face à mes erreurs germées dans la douleur, et j'ai aujourd'hui dans l'idée que c'est moi qui ai passé cette corde autour de ton cou. Ça m'est insupportable. Romane, en s'écoulant, le temps me montre le lumineux visage de Zora à jamais figé dans ses rouages et ta silhouette se balançant dans l'ombre opulente d'un noyer. Je sais que tu n'as pas choisi cet arbre par hasard. Un flot de saumure coule dans mes veines et gangrène mes plaies béantes.

Nous avons porté le corps de Semyon dans un des baraquements. Il était impensable de creuser le sol gelé. Nous l'avons suspendu à des poutres en bien mauvais état, hors d'atteinte des rongeurs, des renards, des loups et des ours. Ensuite, Evgueni est allé ranger son matériel de pêche. En passant il m'a dit :

— Venez avec moi.

J'ai appelé Margot et Jens. Evgueni nous a conduits un peu à l'écart des baraquements, au pied d'un monticule limoneux. Il a creusé dans le sable gris avec une pelle et une bâche bleue est apparue. Il en a soulevé un bord et nous avons aperçu un impressionnant enchevêtrement de défenses de mammouth d'une douce couleur ambrée. Après avoir fouillé un bref instant, il a sorti un long morceau de bois avec une pointe effilée fixée à son extrémité. Sans précaution, il a levé la lance et mimé le geste du chasseur qui frappe sa proie, avant de me la donner. Le bois était pétrifié. La ligature de la pointe en pierre était en parfait état. J'avais conscience de tenir entre mes mains la lance d'un chasseur de mammouths. C'était fascinant. Je l'ai passée à Margot. Elle l'a reçue comme on reçoit un nouveau-né. Jens s'en est emparé avec empressement.

— Je pense que le bois est un résineux, du mélèze ou de l'épicéa probablement. La ligature est recouverte d'une sorte de résine noire et des lanières en cuir consolident l'ensemble. C'est une découverte majeure. Je n'en connais pas d'autre de cette importance. Des sagaies en bois et des pointes de pierre et d'os ont été découvertes dans divers endroits, mais jamais de pointe sur son lanceur. Celle-là doit avoir dix mille ans, peut-être beaucoup plus. La datation au carbone 14 nous en apprendra davantage.

— Où l'avez-vous trouvée, Evgueni ?

— Là-bas !

Il montrait un point que lui seul pouvait déceler dans l'immensité désertique de la toundra.

— Vous pourriez nous y emmener ?

Il a hoché la tête. Nous sommes allés mettre la lance à l'abri dans le baraquement que nous avions investi et avons attrapé nos sacs à dos. Le vieux Iakoute a posé deux peaux de renne dans le traîneau. Margot et Jens se sont emmitouflés dedans et nous sommes partis dans un nuage de fumée malodorante. Assise sur un bidon d'essence, j'avais le dos massif d'Evgueni pour coupe-vent et son fusil en bandoulière sous le nez. Un fusil à la crosse lustrée par l'usage. Après un temps qui m'a semblé long, la motoneige s'est arrêtée au milieu de nulle part. J'étais pétrifiée par le froid. Le bruit du vent couvrait celui du moteur. La pluie s'était transformée en une neige fine et froide qui zébrait la lumière. Une brèche escarpée donnait accès à la plage. Nous y sommes descendus et avons longé pendant une quinzaine de minutes la falaise sédimentaire drapée de coulées de glace polies par les vents et les pluies, puis Evgueni a levé le doigt.

— C'est là ! Je suis monté jusqu'à la défense et j'ai vu la lance. Quelque chose la retenait. Je n'ai pas compris tout de suite ce que c'était. Il y a un homme là-haut et il tenait la lance dans sa main.

Mes jambes se sont mises à trembler. Je n'arrivais pas à croire ce qu'il nous disait. L'endroit qu'il montrait n'était qu'à cinq ou six mètres du sol, mais semblait inaccessible.

J'ai fait une série de photos. La lumière était blanche. Une étrange lumière, sans ombre et sans source. Dans l'objectif de mon appareil, je voyais distinctement la tête du mammouth, avec sa trompe intacte, et plus bas un avant-bras et un poing fermé. Nous sommes restés là de longues minutes, avec le bruit des vagues dans le dos et la dépouille d'un chasseur-cueilleur au-dessus de nos têtes.

Avant de redémarrer sa motoneige, Evgueni nous a dit :

— Vous gardez la lance et je garde l'ivoire. Pour vous, ça ne change rien. Si les militaires mettent la main dessus, ils vont le revendre pour leur propre compte.

J'ai interrogé Jens et Margot. Elle a répondu :

— Moi je n'ai rien vu.

J'étais de son avis. Jens a approuvé d'un hochement de tête.

Sur l'antique motoneige qui traçait son chemin cahin-caha dans la toundra, j'ai pensé à cette découverte. Il y avait de toute évidence là, dans cet amas de chair et de glace, un homme venu de la préhistoire. J'aurais aimé pouvoir dégager son corps, voir son visage.

En chemin, nous avons croisé des bœufs musqués. Ils ont tourné vers nous leurs têtes massives et hirsutes. Leurs longs poils étaient ébouriffés par le vent. Ils se sont alignés, prêts à faire face au danger. Au milieu de ce paysage froid, tremblante derrière un descendant des cavaliers mongols, je me suis sentie loin de chez moi, au-delà du raisonnable, happée par des âges immémoriaux, à la merci de l'horizon et des esprits errants de la toundra.

*1er octobre 2017, île aux mammouths, – 8°C*

Erwan a appelé en début d'après-midi. Le vent sifflait en s'infiltrant entre les planches disjointes de la cabane et rendait la conversation difficile.

— Salut, Anna. Les autorités sont passées ce matin. Votre découverte fait sensation. Le blog d'Arctic Ocean Protect reçoit beaucoup de messages. Pour l'association, c'est du pain béni.

À l'aide du téléphone par satellite, j'avais réussi à poster quelques photos de la carcasse du mammouth, de la lance et du bras du chasseur-cueilleur.

— Une équipe de paléontologues de l'université de Novossibirsk est en route pour Tiksi. Les autorités vous demandent de ne plus intervenir sur le site de la découverte.

— Avec cette météo, il n'y a pas de risque. On a même du mal à garder un peu de chaleur dans la pièce. Heureusement qu'il y a du bois à proximité. Les paléontologues ne sont pas près de mettre les pieds sur l'île. On a vraiment hâte que tu viennes nous chercher.

— Ils sont dans un avion de l'armée. Ils seront à Tiksi en fin de journée si j'ai bien compris, puis un hélico devrait les acheminer jusqu'à vous. Vous avez encore de quoi manger ?

— Sans Evgueni, on serait déjà morts de faim. J'exagère à peine. « Il y a trois sortes d'hommes : les vivants, les morts et ceux qui vont sur la mer », disait Aristote. Il faudrait ajouter les types comme lui, ceux qui arpentent les grands déserts glacés.

— Ils ont plus de mérite que nous. Tu peux me passer Jens ? Je dois faire un point avec lui.

Je suis allée rejoindre Margot qui visitait avec une minutie quasi scientifique les bâtiments de la station météo et ses annexes. On a évité l'abri où reposait le corps de Semyon. Les derniers documents lisibles dataient de septembre 1928. Qu'est-ce qui avait changé en près d'un siècle ? Ici, en apparence, pas grand-chose probablement… si l'on omettait de se plonger dans les relevés météorologiques. À la date du 10 septembre 1928, le météorologue avait inscrit : « Température – 28 °C. Température de l'eau – 1,8 °C. La glace est de plus en plus épaisse. Si le bateau ne vient pas d'ici une dizaine de jours, nous ne pourrons plus compter sur le ravitaillement prévu pour l'hiver. »

Puis nous sommes allées marcher au bord de l'eau. Le ciel était d'encre. La mer écumante. Le vent sibérien s'engouffrait dans ma capuche et tonnait sa sauvagerie. Il giflait la toundra aux couleurs monotones. J'étais fatiguée de cette attente dans le froid, le vent et la mort qui rôdait. J'étais fatiguée de cette organisation pyramidale qui offrait des trajets en hélicoptère à une poignée de scientifiques pour une découverte archéologique, alors qu'aucun secours n'avait été esquissé pour sauver la vie d'un jeune garçon. J'en restais KO. Je me demandais comment allait Jeanne. Si sa nouvelle coiffure suffisait à tenir à distance ses maux, à écarter le lasso. Peut-être bien que loin de Jens, elle se sentait libre. Je voulais me retrouver, je m'égarais, je me perdais.

Quand nous sommes rentrées, Jens affichait une mine renfrognée.

— Quelque chose ne va pas ?

— Rien ne va. Ça crève pourtant les yeux. Erwan dit que l'état des glaces est inquiétant et qu'à la latitude de 82° nord la banquise n'est pas formée. Hier encore on pensait qu'il était trop tard pour mener à bien notre projet, et maintenant c'est la banquise qui part en couille. Il nous est impossible d'aller au-delà.

— Pourquoi pas, si les eaux sont libres ?

— Parce que des ravitaillements sont prévus par hélicoptère pour l'approvisionnement en gasoil et en nourriture et que c'est leur limite en autonomie. Voilà pourquoi.

— Je n'étais pas au courant. Je croyais qu'il n'y avait pas d'hélicoptère civil dans le coin…

— C'est une agence russe spécialisée dans le tourisme en Arctique qui doit faire les rotations. Il y en a trois de programmées. Il va peut-être bien falloir envisager un autre point d'hivernage ou annuler l'expédition et sortir par le détroit de Béring. Les brise-glaces seront bientôt bons pour la ferraille…

Evgueni est rentré à la nuit avec un phoque – un « phoque barbu », a précisé Margot. Je ne sais pas comment il fait pour passer ses journées dehors avec ce vent et ce froid humide et mordant.

— Une équipe de chercheurs de l'université de Novossibirsk est en route, lui ai-je annoncé. Ils veulent se rendre sur le site où vous avez trouvé la lance. Les militaires vont probablement les amener ici.

— Je vais devoir vous quitter.

— Vous voulez aller où ? C'est une île. Et puis vous avez le temps, ils ne feront rien avec une météo pareille.

— Le mauvais temps n'arrête pas les militaires. Ne vous inquiétez pas. Demandez seulement à vos amis de laisser mon bateau à l'est du port, loin des réservoirs de gasoil si possible, parce qu'un de ces jours, avec ces températures, ils vont basculer dans la mer.

Evgueni a retiré la peau du phoque comme on retire une combinaison de plongée à un ami, puis il nous a tendu une fine lamelle de foie. Elle reposait suspendue sur la lame de son large couteau ensanglanté. Devant notre hésitation, il nous a montré comment la manger, puis il nous en a présenté une seconde. Je l'ai glissée dans ma bouche. Je l'ai laissée fondre. Un goût métallique s'est dégagé lentement, suivi d'une note plus agréable, plus compatible avec mon palais. Je l'ai avalée. Ce n'était pas franchement mauvais. Les plus gros morceaux du phoque ont été plongés dans une marmite et placés sur le poêle. Qu'est-ce que nous serions devenus sans lui ?

Un hélicoptère de l'armée s'est posé le lendemain matin. Nous avons entendu son bourdonnement pendant de longues minutes avant de l'apercevoir. La météo était aussi mauvaise que la veille : un vent carnassier, un ciel sombre et une lumière froide qui effaçait la toundra. Evgueni n'était heureusement plus là pour voir ça. La vie d'un homme tient à peu de chose, à l'intérêt qu'elle suscite auprès d'instances décisionnaires, et celle de Semyon n'enthousiasmait apparemment pas grand monde dans ce milieu. Il y avait sept civils à bord et presque autant de militaires. Jens a serré beaucoup de mains gantées, esquissé quelques accolades. Sa notoriété n'était pas surfaite. Tout le monde est rapidement allé se mettre à l'abri dans notre refuge. Jens a montré la lance à l'assemblée avec la solennité d'un prêtre au moment de l'eucharistie. Il régnait soudainement une étourdissante agitation dans la station abandonnée. Margot se tenait près de moi, un peu en retrait. Je ne voyais pas son visage enfoui sous la capuche de sa parka qu'elle n'avait pas jugé bon de retirer, mais je suis certaine que ses pensées étaient pour Semyon, suspendu entre des poutres, à deux pas de l'imposant hélicoptère. Un militaire qui s'est présenté comme étant l'un des commandants de la base de Tiksi est venu vers nous. Je me suis demandé pourquoi il en fallait plusieurs.

— C'est une belle trouvaille que vous avez faite là ! Les gars de Novossibirsk sont excités comme des gamins qui attendent Snegourotchka et Ded Moroz*. Le vieux Iakoute n'est pas là ?

— Il est parti avec sa motoneige.

— Comment ça, parti ! Pour aller où ?

— Je n'en sais rien. Maintenant que son fils est mort…

---

* Ded Moroz est le Grand-Père Gel et Snegourotchka sa petite-fille, la Fille de Neige. Ce sont eux qui apportent des cadeaux aux enfants le soir du 31 décembre.

Le gradé m'a regardée avec hauteur.

— C'est un braconnier. Un pilleur de toundra. Il s'est enfui à quelle heure ?

— Avant le lever du soleil probablement. Au petit matin, il n'était plus là.

— Et vous n'avez rien fait pour le retenir ?

— Je ne vois pas pourquoi on aurait fait ça.

— Piller une réserve naturelle est une grave infraction. Il a caché sa récolte de défenses quelque part. Ils font tous ça, on le sait. Ça ne vous dit vraiment rien ?

— Non, rien.

— Ne pas dire la vérité ferait de vous ses complices. Je vous laisse réfléchir. C'est le genre d'erreur qui peut coûter très cher…

Le gradé est allé rejoindre ses collègues. La menace est venue titiller mon mensonge. Ça faisait écho à ce que nous avait dit Evgueni au sujet des militaires et de la confiscation de l'ivoire. Je me suis sentie mal à l'aise.

— Qu'est-ce qui se passe ?

Margot avait perçu la tension de notre échange.

— Ils savent qu'Evgueni a un stock de défenses de mammouth caché quelque part et je crois bien que c'est ce qui intéresse les militaires. Plus que la lance et le chasseur qui va avec… Écoute, Margot, c'est vrai que c'est une réserve naturelle ici… Je me demande si on ne fait pas une connerie.

— Calme-toi. Tu dramatises. Personne n'est au courant de quoi que ce soit. Les militaires supposent que Semyon et son père ont caché leur récolte sur l'île, point. Ils n'ont aucun élément probant qui leur permette de l'affirmer et encore moins sur le fait qu'Evgueni nous ait montré sa planque.

— On ne leur fera pas croire que son fils et lui étaient là pour ramasser des champignons…

— Détrompe-toi, il y en a dans la toundra.

Ça l'a fait sourire.

— Il y avait combien de défenses sous la bâche? Quatre, cinq?

— Beaucoup plus. J'en ai compté neuf, quand je suis allée caresser leurs courbures. Tu as vu comme moi, elles sont magnifiques. La plus grande doit bien faire trois mètres. Ça représente quoi, quelque chose comme deux cent mille euros, au bas mot. Les militaires de Tiksi ne veulent simplement pas passer à côté d'une telle somme. Ce n'est pas une question de réserve, il n'y a rien de vertueux dans leur démarche. Ils se moquent bien de la préservation de l'Arctique. Les réserves sont créées dans le seul but d'affirmer la suprématie de la Russie sur ces terres. Elles font l'objet de gros enjeux économiques. Sous nos pieds, il y a d'immenses gisements gaziers et pétrolifères. La fonte des glaces dégage de nouvelles voies maritimes. Le détroit de Béring et le passage du Nord-Est s'offrent chaque année un peu plus à la navigation. Pourquoi penses-tu que Poutine multiplie le nombre de bases militaires par ici? Une dizaine sont déjà implantées le long de cette route maritime, jusque sur l'île Wrangel, inscrite au patrimoine mondial de l'Unesco. Personne ne pouvait poser un pied sur cette île refuge et maintenant les militaires y font des manœuvres avec des engins chenillés. Quand ils vont commencer à exploiter les richesses enfouies sous nos pieds, ce qui est aujourd'hui une réserve naturelle ne sera plus qu'un immonde cloaque puant la putréfaction de la toundra et le pétrole. Alors inutile de tourmenter ta morale… Nous serons bientôt loin d'ici, il n'y a pas de souci à se faire.

L'hélicoptère est reparti vers le site de la découverte avec Jens à son bord. Margot et moi sommes restées à la station avec deux militaires. Ils se sont plantés devant le poêle et ont fumé pour passer le temps. Leurs doigts gourds peinaient à extirper les cigarettes du paquet. Ils riaient bruyamment. Les volutes de fumée âcre accrochaient leurs chapkas. Ils étaient jeunes. Ils parlaient de filles, de nous, sans retenue. Des propos fantasques et salaces, une joute naïve pour affirmer mutuellement leur virilité. Ils se pensaient à l'abri derrière la barrière de leur langue. Puis l'un d'eux s'est remémoré les automnes sur les rives de la mer Noire. Les automnes de son enfance, doux et colorés. Il riait encore en disant cela. Un rire triste qui disait son désarroi d'être là, dans cette toundra glaciale. Il a ajouté que son chien lui manquait. Le chant du coq aussi. Puis ils ont fumé en silence jusqu'au retour de l'hélico. À dix-neuf heures, nous étions sur la base militaire de Tiksi.

*8 octobre 2017, océan Arctique, – 13°C*

Elles arquaient leurs dos massifs dans un ballet de douces ondulations qui ébranlaient à peine les eaux noires. Le ciel était étonnamment bleu. D'un bleu glacé qui irisait la masse des glaces flottantes. Leurs souffles nous donnaient le tournis. Il y avait des panaches de tous les côtés.

— Des baleines boréales, a dit Louise avant d'immerger un de ses microphones.

Leur chant s'est posé sur l'air cristallin. D'envoûtantes vocalises de baleines bavardes. C'est pour vivre des journées comme celle-là que je m'étais aventurée dans cette expédition. La mer, la glace, le ciel, la ronde des baleines et leur mélopée de sirène. Je me suis fait hisser dans le mât et me suis installée dans les barres de flèche pour faire quelques photos. C'était encore plus spectaculaire depuis mon nid-de-pie. Je pouvais voir l'énorme masse de chaque animal, long comme deux autobus, se mouvoir langoureusement près du bateau. Des anatifes étaient collés sur leur peau, comme sur les épaves. Elles n'étaient aucunement troublées par notre présence, en tout cas pas de manière tangible. Tu aurais aimé voir ça, ma Zora. J'écarquillais les yeux et dans le viseur de mon appareil je cherchais les tiens. Je guettais un clin d'œil, un signe, quelque chose qui m'aurait dit que tu étais avec elles, dans l'une d'elles. Pas dans son ventre énorme, comme Jonas, mais dans ses cellules nerveuses, pour sentir, éprouver, goûter leur long voyage. Je t'ai imaginée en baleine et en albatros, courant les océans comme Jonathan Livingston le goéland. En loup arpentant les étendues glacées. Te souviens-tu de mes lectures ? Où es-tu, Zora ? Tu ne peux pas t'être volatilisée ainsi. Je sais que tu es là, quelque part, je le sens. Ton oncle Sacha serait surpris de m'entendre dire cela. Il dit que la résurrection n'est pas une question de croyance, mais une question d'esprit. Que nous avons autant de mal à penser l'éternité et l'infini qu'à accepter que nous sommes autre chose que de l'eau et des os. J'essaie de m'affranchir d'une réflexion trop cartésienne pour pouvoir te retrouver. Je l'ai laissé, lui, mon frère, devant le mur d'enceinte du monastère de la Grande Chartreuse, peu de temps après ta mort. J'ai fait tout ce qui était en mon pouvoir pour le dissuader de gâcher sa vie dans cette congrégation érémitique d'un autre âge. J'ai pleuré sur son épaule comme je l'aurais fait sur celle d'un innocent condamné à la perpétuité.

— Je vais explorer le silence pour mieux percevoir le monde et lui venir en aide, disait-il.

— Qui t'a mis cette idée en tête ? Ce n'est pas toi, Sacha. Arrête ça maintenant. Il est encore temps. La prêtrise, c'était déjà difficile à entendre… Viens avec moi. Ne m'abandonne pas.

— Mon esprit sera toujours près de toi. Je ne suis jamais plus près des hommes que dans l'isolement et le silence. En montagne, c'est ce qui m'animait.

Tu dois essayer de comprendre cela, sinon tu devras faire l'effort de l'accepter.

Il me regardait avec ce nouveau sourire qu'il s'était forgé depuis son entrée au séminaire. Un sourire d'une béate stupidité. Un sourire de curé. J'ai pensé un instant le gifler pour le ramener à la raison.

— J'en ai rien à foutre de ton esprit, Sacha. Je ne vois pas en quoi il pourrait m'aider. C'est de toi dont j'ai besoin. Toi qui vas me manquer.

Il s'est avancé vers la lourde porte du monastère. Sa robe blanche a esquissé quelques ondulations. Le temps d'un entrebâillement, il a été happé. Il ne s'est pas retourné. Je regrette mes derniers mots. On réprouve toujours ses excès.

Des bouquets de nageoires caudales se sont agités mollement, des saluts de princesses, avant de sombrer dans l'eau glaciale. *Yupik* s'est frayé un chemin dans le floe, ces fragments de glace en forme de radeau plat. Le point prévu pour l'hivernage était derrière nous. La température de l'eau était de –1,4°C. Le point de congélation de l'eau de mer est de –1,8°C. Nous avions pourtant plus d'un mois de retard, mais par 84° nord, la banquise n'était pas au rendez-vous. Patienter ici, à sept cents kilomètres du pôle Nord en attendant qu'elle se forme, était trop dangereux. En cas de forte houle, les blocs de glace pouvaient briser le bateau comme on casse une noix. Nous n'irions pas plus loin. S'amarrer à la banquise n'était pas possible. Je regardais les blocs de glace passer près de la coque. Ils étaient d'un bleu tendre dans la partie immergée et d'une blancheur éclatante au-dessus. Ils s'écartaient mollement sous la poussée de l'étrave. Nous faisions dorénavant route vers l'archipel De Long. Après avoir étudié les quelques possibilités qui s'ouvraient encore à l'expédition, c'est l'option qui avait été retenue.

Louise s'affairait seule sur le pont. Elle préparait son matériel pour réaliser des prélèvements d'eau à différentes profondeurs. Cela nécessitait que le bateau soit à l'arrêt et les conditions météorologiques étaient idéales. Je suis allée la voir, une question me taraudait l'esprit.

— Comment va Jeanne ?

— Comme tu as pu le voir, toujours aussi bavarde. Mais elle semble avoir pris le dessus.

— Le dessus sur quoi ? Tu sais ce qui lui est arrivé à la station de Samoylov ?

— Pourquoi tu ne lui poses pas la question, c'est toi la journaliste, non ?

— Je ne compte pas écrire d'articles sur les différends ou les relations que peuvent entretenir les membres de l'expédition.

— Alors tu n'écriras jamais rien de fondamental. Cette expérience de vie confinée avec un petit groupe d'individus devrait être ton laboratoire. C'est là que se cachent tous les mystères de la nature humaine.

— J'ai assez à faire avec la mienne. Tu ne réponds pas à ma question.

— Ce que je sais, c'est que votre séjour forcé sur la Grande Liakhov lui a fait le plus grand bien. Je ne sais quelle conclusion en tirer, si ce n'est que Valery n'était pas la source de ses tourments.

— Est-ce que j'avais raison au sujet d'une possible agression ?

— Ce n'est pas exclu, mais elle se refuse à dire quoi que ce soit. Je dois t'avouer que j'ai fait des prélèvements sur ses fringues.

— Comment tu as fait ?

— Avec du papier absorbant humide. Elle n'est pas au courant. J'ai un peu honte…

— Et alors ?

— Alors, alors. je ne suis pas censée tout te dire, mais bon. j'ai trouvé des traces de sperme.

— Ça ne prouve rien. Elle peut parfaitement avoir eu une relation consentie.

— Avec qui ?

— Jens peut-être bien.

— Qu'est-ce qui te fait dire ça ?

— Jeanne n'a pas souhaité partager ma chambre sur la base de Samoylov. Je ne sais pas où elle a passé ses nuits.

— Non, tu n'y es pas du tout. Ils travaillent ensemble, c'est tout. Jens a été son directeur de thèse de physique-chimie et ensuite il l'a invitée à travailler dans son laboratoire. Pour un étudiant chercheur, c'est un peu comme si tu faisais une école de cinéma et que Spielberg te demandait de travailler avec lui. Elle te fait l'effet d'une nana amoureuse ?

— Et Margot, elle en pense quoi ?

— Elle pense qu'il faut que ça vienne d'elle. Tiens, branche-moi ce tuyau sur le réservoir blanc qui est derrière toi.

Je ne partageais pas l'avis de Margot. Je pensais que d'une manière ou d'une autre, nous devions aider Jeanne. C'est drôle comme on idéalise un projet, en oubliant, dans les promesses d'une aventure, que la nature humaine ne change guère, quel que soit le lieu.

J'ai assisté Louise dans la préparation des bouteilles Niskin. Ce sont des bouteilles équipées d'un mécanisme qui provoque leur remplissage et leur fermeture à une profondeur donnée. Des instruments de mesure de température et de salinité sont fixés dessus. Au moment d'immerger le pesant matériel, elle a fait appel à Loïc pour la manœuvre du treuil. Jeanne, Jens et Margot sont montés sur le pont au moment de la mise à l'eau. J'ai observé l'équipe s'activer. Il n'y avait pas de temps mort, pas d'hésitation. Il y avait même une certaine harmonie dans l'exécution des tâches. Jeanne et Margot restaient en retrait. Rien dans la façon d'être des hommes présents sur le pont ne pouvait accréditer une quelconque forme de violence à l'égard de Jeanne ou de qui que ce soit d'autre.

*8 janvier 2019, messe conventuelle*

Dom Joseph a très peu dormi. Le froid est partout. Il descend scier quelques bûches, bien que tout travail manuel soit interdit avant tierce. L'exercice lui fait du bien. Quand il encadrait les camps d'automne, les scouts avaient coutume de dire que le bois chauffe deux fois, une fois quand on le coupe, l'autre quand on le brûle, et c'est heureux parce qu'un vent rageur pousse des volutes de neige par le claustra du promenoir. Les camps de vacances lui manquent. Des images l'assaillent régulièrement, les enfants et leurs jeux insouciants, des odeurs aussi, celles des herbes coupées, des pluies d'été et bien d'autres encore. Il doit lutter contre ces images. Dans le jardin, la neige recouvre tout d'un bon demi-mètre et il aimerait bien pouvoir y enfouir son passé pour se consacrer à l'oraison et à la méditation. Se laisser porter par la récitation des cent cinquante psaumes de l'office des Heures, entrer en transe comme un derviche tourneur et s'asseoir, en paix, dans la main de Dieu.

Quand sonne l'office, il est prêt. Les cantiques et l'invitatoire seront son petit déjeuner. Il n'y a pas de collation avant midi. Il fait encore nuit. Dom Joseph se demande pourquoi la lecture du carnet d'Anna le rend si fragile et vulnérable. Il ne changera pas le cours des choses, ne bouleversera pas son érémitisme. Le monastère est une forteresse où personne ne pénètre, pas même le médecin de la congrégation, qui dispose d'un modeste local pour ses consultations. Les moines se pressent vers la chapelle. Les cierges de l'autel sont allumés. Il ressasse la première lettre de saint Paul aux Corinthiens : « L'amour prend patience ; l'amour rend service ; l'amour ne jalouse pas ; il ne se vante pas, ne se gonfle pas d'orgueil ; il ne fait rien de malhonnête ; il ne cherche pas son intérêt ; il ne s'emporte pas ; il n'entretient pas de rancune ; il ne se réjouit pas de ce qui est mal, mais il trouve sa joie dans ce qui est vrai ; il supporte tout, il fait confiance en tout, il espère tout, il endure tout. (...) Nous voyons actuellement une image obscure dans un miroir ; ce jour-là, nous nous verrons face à face. Actuellement, ma connaissance est partielle ; ce jour-là, je connaîtrai vraiment, comme Dieu m'a connu. Ce qui demeure aujourd'hui, c'est la foi, l'espérance et la charité ; mais la plus grande des trois, c'est la charité. »

Dès la fin du *capitulum,* son esprit est happé par des baleines nageant dans l'écho ouaté de la nef. Elles chantent des hymnes mélodieux pour Zora et dansent pour enchanter son âme.

*10 octobre 2017, océan Arctique, – 2°C*

Avant le lever du soleil, des nuages sombres ont voilé le ciel et la mer s'est formée. Quatre heures plus tard, elle roulait des épaules comme un boxeur prêt à monter sur le ring. C'était effrayant de voir des montagnes liquides s'élever derrière nous et le vent les écrêter en arrachant des gerbes écumantes. Les déferlantes emportaient *Yupik* dans des surfs effrénés. Au moment où elles nous soulevaient, juste avant l'accélération, je retenais mon souffle. Les longues glissades nous menaient droit vers des gouffres mouvants. L'étrave en déchirait le fond dans un épouvantable fracas et semblait vouloir s'y perdre à jamais. J'étais fascinée et terrorisée à la fois. À travers les hublots du roof, j'ai vu passer Loïc dans sa combinaison rouge. J'ai cru à un fantôme intrépide. Il était sorti pour mettre à la traîne une ancre flottante censée freiner le bateau et éviter qu'il ne chavire en plantant son étrave dans une de ces vagues monstrueuses. Quand il a quitté mon champ de vision, il ne restait que les mâts qui se couchaient à toucher l'eau, nus et fragiles comme des scions de bouleau. *Yupik* grinçait comme un moulin à vent. Du fond des gouffres, les énormes vagues semblaient totalement infranchissables. Comment un si petit bateau pouvait-il affronter un tel déchaînement? Loïc est réapparu une quinzaine de minutes plus tard. À quatre pattes, il faisait glisser son mousqueton sur la ligne de vie. Son regard a croisé le mien. Il m'a souri, a levé le pouce, puis il a disparu sous une avalanche d'eau verte. Quand elle a eu fini de s'écouler, je l'ai cherché quelques secondes avec une pointe d'angoisse, avant de l'apercevoir agrippé aux filières. Il s'est hissé jusqu'au pied du mât et s'est dirigé vers la descente. Je suis allée à sa rencontre. Il a attendu que le bateau soit à l'abri d'un paquet de mer pour ouvrir la porte et se précipiter à l'intérieur.

— Tu parles d'une douche!

Je l'ai aidé à se déséquiper.

— Qu'est-ce que ça donne?

— Faut voir…

Il n'a pas précisé quoi.

— Il faut absolument que l'on arrive à faire tourner ce putain de moteur.

— Erwan dit qu'il y a des saloperies dans le réservoir. Des bactéries et de l'eau probablement. Peut-être bien des paillettes de glace aussi.

— Merde, c'est pas vrai, on les accumule!

Je suis allée rejoindre Erwan dans le poste de pilotage. C'était vraiment difficile de se mouvoir tant le bateau était instable. J'ai été surprise de trouver Jeanne avec lui. Elle consultait des cartes sur l'ordinateur de bord. Elle m'est apparue étonnamment calme. J'ai demandé à Erwan ce qu'annonçait la météo.

— La dépression va se creuser un peu plus et descendre sous les neuf cent soixante-dix hectopascals.

L'anémomètre enregistre des pointes de vent à soixante nœuds. Ce sera encore pire cette nuit. Il faudrait qu'on puisse se mettre à l'abri en attendant qu'elle passe.

— J'ai peut-être trouvé quelque chose, a lancé Jeanne.

Erwan a tourné la tête vers elle.

— Où ça ?

— Cette île, là. Sur sa côte est, il y a une baie. Elle semble être à l'abri des vents d'ouest, protégée par un haut sommet.

— Montre.

Jeanne a pris la barre et Erwan s'est installé devant l'écran.

— Au moteur, peut-être que ce serait jouable, mais pour le moment il est préférable de ne pas quitter la cape sèche.

Nous avons donc subi la tempête, assommés par le bruit du vent et le fracas des vagues qui s'abattaient sur le pont. Le bateau frémissait comme une feuille de tôle.

À midi, Loïc a abandonné l'idée d'être en mesure de faire fonctionner le moteur dans de telles conditions. Il puait le gasoil et avait une mine défaite. Au fil des heures, la peur s'est immiscée en moi. J'observais Erwan et Loïc pour me rassurer. Ils étaient peu loquaces, mais affichaient calme et concentration. Je suis allée voir comment le reste de l'équipage essuyait la tempête. Valery était au plus mal. Il gisait piteusement au pied de sa bannette et déversait à l'intention de la mer un flot d'insultes et de bile nauséabonde. Jens n'était guère plus valide. Louise et Margot tenaient le coup. Elles s'occupaient des malades. Margot m'a demandé si je voulais du Mercalm ou un patch. J'ai accepté les comprimés et je les ai glissés dans ma poche en prévision des heures incertaines. Je suis allée en cuisine. La vaisselle et toute la batterie s'agitaient bruyamment dans les tiroirs et les placards. Zoé, nullement affectée par le tintamarre, s'y affairait pour faire chauffer de l'eau sur le réchaud à cardan et préparer des sachets de nourriture lyophilisée à l'intention des estomacs les mieux amarinés. La bouilloire, équipée d'un robinet pour ne pas avoir à l'ouvrir quand les conditions sont trop mauvaises, était fixée sur le brûleur. Je me suis dit que si quelqu'un avait imaginé un tel système, c'est que ce type de tempête n'était peut-être pas si exceptionnel. C'était étonnant de la voir se caler dans la cuisine pour pouvoir garder les mains libres. Vite épuisant de devoir régir son équilibre, de chercher sans cesse ses appuis. Elle m'impressionne vraiment, Zoé. C'est une fille agréable à vivre, dotée d'une insolente vitalité. Je me prends à regretter mon premier jugement qui la reléguait au rang des mauvaises mères. Elle s'est offert une vie de marin, c'était son choix. Mais avait-elle seulement d'autres alternatives ? Est-ce que l'on aime moins quand on est loin ? Est-ce que prendre le large c'est fuir, comme je veux fuir ce qui est désormais inscrit en moi comme mon ADN ? Je ramène tout à ma terrible expérience et cela fausse mon raisonnement. Il faut que je fasse attention à ne pas le laisser se dissoudre dans mes pensées acides.

Vers quinze heures, la neige s'est invitée dans la danse. Elle a pris d'assaut *Yupik,* a enserré d'un manchon de glace les filières, le balcon avant, les mâts, les drisses et opacifié les hublots. Des centaines de kilos qui alourdissaient un peu plus encore le bateau. La tension était palpable, même chez les marins. Surtout chez les marins. Erwan nous a enjoint d'enfiler les combinaisons de survie TPS et mon estomac s'est noué. Loïc est sorti avec un marteau pour tenter de briser la gangue de glace. Quand finira-t-elle, cette tempête qui hurle abominablement ? J'ai demandé à Erwan si le radar signalait des icebergs dans le coin. Je craignais viscéralement de voir un bloc de glace se profiler au sommet d'une déferlante et s'abattre sur nous. En réponse à ma question, un bouillonnement, une gîte excessive, un vacarme effroyable, tétanisant. J'ai été propulsée contre une cloison. Puis le silence et un calme assourdissant. Je me suis redressée au milieu d'un indescriptible désordre. Je ne reconnaissais pas l'endroit où je me trouvais. Paniquée, j'ai hurlé : « Erwan ! », mais il ne m'a pas répondu. Soudain, j'ai senti une main m'agripper par l'épaule. C'était lui, c'était Erwan. Il s'est appuyé sur moi pour se relever et m'a dit :

— Nous avons été roulés par une déferlante.

J'ai pris conscience que ce que j'avais sous les pieds, c'était habituellement le plafond de la timonerie. J'ai entendu Erwan dire :

— Redresse-toi. Bon Dieu, *Yupik*, redresse-toi.

L'eau est rentrée dans la cabine, sombre et glaciale. En te perdant, Zora, je pensais avoir reçu mon lot de drames pour les soixante années à venir, mais rien n'est plus incertain que la vie. Et là, je la perdais. Je n'avais pas peur pour moi. Pas immédiatement. Je pensais à Loïc qui était sur le pont. À Jeanne, Louise et Margot. À Zoé, à son enfant, et je me disais que moi, au moins, personne ne m'attendait plus. Et puis la peur m'a gagnée, elle s'est répandue en moi comme la mer dans le bateau. Sidérante et glaciale.

C'était étrange de ne plus entendre le vent, la clameur de la tempête. Un soulagement. J'avais froid. Je ne sentais plus mes mains ni mes pieds. Je n'aurais de toute façon pas su quoi en faire. J'étais tétanisée. Puis, d'un coup de reins soudain, *Yupik* s'est redressé. C'était rassurant de retrouver la géographie des lieux. Erwan était déjà dans l'escalier de la descente. Je l'ai suivi. Sur le pont, je n'ai rien vu d'autre qu'un tas de câbles et de bouts. Les filières avaient été arrachées et le grand mât avait disparu. Erwan a filé vers la proue. J'avais peur de faire un pas de plus sur le pont transformé en patinoire. Des montagnes d'eau ondulaient autour du bateau. Il n'y avait plus de ligne de vie, enfin, je ne la voyais pas. Près du mât d'artimon encore debout, j'ai aperçu Loïc qui roulait comme un pantin, retenu par son harnais. Je me suis élancée en m'agrippant à ce que j'ai pu trouver. Il n'y avait que cinq mètres à faire, mais j'avais l'impression de m'être engagée sur un toboggan verglacé. Loïc était sans connaissance. J'ai pris son pouls, mais avec mes doigts gelés, je ne sentais rien. J'ai collé mon oreille contre sa bouche en espérant percevoir un souffle, mais je n'entendais que la fureur des éléments.

— Attache-toi au mât.

Levant la tête, j'ai vu Jeanne penchée au-dessus de moi. Je me suis assurée avec la longe de mon harnais. Jeanne a fait de même avant de placer sa main sur la poitrine de Loïc. Puis elle a écarté ses paupières.

— Il est vivant ?

— J'en sais rien. On ne peut pas rester ici. On va le tirer à l'intérieur.

Dans l'escalier conduisant au carré, je suis descendue la première pour retenir le corps inerte, puis nous l'avons installé sur une banquette qui avait perdu ses assises. Margot est apparue, hagarde.

— Qu'est-ce qui s'est passé ?

— On a chaviré. Loïc était à l'extérieur.

— Il est conscient ?

— Non.

— Merde ! Je vais chercher le défibrillateur et la trousse de secours. Faites-lui un massage cardiaque.

Margot est revenue de longues minutes plus tard.

— Désolée, mais c'est le bordel dans tout le bateau.

Elle lui a injecté un milligramme d'adrénaline. On n'a pas pu utiliser le défibrillateur parce qu'on était dans l'eau et que l'appareil envoie une puissante décharge électrique pour relancer le cœur. Puis son pouls a timidement indiqué qu'une once de vie circulait encore dans ses veines. Quand Loïc a toussé, nous avons crié son nom en chœur, mais il était trop affaibli pour nous entendre. Margot l'a roulé sur le côté et lui a tapé dans le dos pour l'aider à expulser l'eau qui encombrait ses poumons. Erwan est entré dans le carré.

— Comment va-t-il ?

— Il est vivant.

— Dieu merci. Il faut que j'aille couper les haubans qui retiennent encore le mât. Jeanne, tu prends la barre. Tu verras, je l'ai amarrée. Ensuite, je vais hisser la voile d'artimon, prendre tous les ris et couper l'ancre flottante. Il faut que l'on soit plus manœuvrants. Sois réactive dès que la voile prendra le vent et file au portant. Je ne devrais pas en avoir pour longtemps.

Erwan est ressorti. Jeanne a filé vers la timonerie. Margot a continué à s'occuper de Loïc. Heureusement qu'il n'avait pas été emporté avec le mât. Je me le suis imaginé un instant flottant sur le dos dans sa combinaison de survie, apercevant *Yupik* de temps à autre au sommet d'une vague, chaque fois un peu plus loin, et soufflant dans son sifflet de secours, chaque fois un peu moins fort. Une mort affreuse. J'en avais la gorge sèche.

Dans la cuisine, j'ai trouvé Zoé. Elle rangeait déjà tout ce qui passait à portée de main. Pour ne pas subir probablement. La pompe à eau était désamorcée. Zoé m'a tendu une bouteille à fermeture mécanique. Je l'ai regardée s'activer un moment. J'étais bien trop abattue pour l'aider. Ensuite, je suis allée prendre des nouvelles des autres. Dans la coursive, j'ai croisé Jens qui sortait de sa cabine. Je lui ai dit pour Loïc. Il m'a répondu :

— Qu'est-ce qu'il foutait dehors par un temps pareil ?

Je n'ai pas eu la force de répliquer. Jens m'apparaissait de plus en plus comme un type cynique, un nuisible à sang froid. J'ai trouvé Valery allongé sur sa bannette, les jambes écartées pour contenir le roulis. Son nez était ensanglanté. Il était en assez piteux état.

— Est-ce qu'on est train de couler ?

— Non. On a chaviré sur une déferlante. Loïc était sur le pont. Il est blessé.

— Putain de Dieu, j'en ai ma claque. Je n'ai jamais été aussi malade.

— Cette tempête va bien finir par se calmer.

— Elle en prend pas le chemin. Par ici, les tempêtes peuvent durer des semaines.

Erwan a tenté de joindre Tiksi avant de réaliser que la grosse boule blanche de l'antenne satellite Iridium s'était ouverte comme un œuf de Pâques sous la chute du mât. Ça signifiait que nous n'avions plus de connexion Internet et cela impactait tout l'équipement de navigation et de localisation GPS. Il restait cependant le téléphone satellite portable et un logiciel de navigation indépendant. Erwan est allé mettre en marche les pompes de cale. Il faisait froid à bord, vraiment très froid. Erwan voulait essayer de gagner une île située plus au sud. L'île Jokhov. Des constructions apparaissaient sur la carte, mais rien n'indiquait si c'étaient les vestiges d'une base du siècle dernier ou les bâtiments d'une station opérationnelle. Il espérait au moins y trouver un endroit abrité. Jens a contacté AOP pour les informer de notre situation et leur donner notre position.

En fin de journée, nous avons reçu un appel de la station météorologique de l'île Kotelny, située plus au sud. Le gars nous a demandé nos coordonnées GPS. Sa voix était calme et posée. L'espace de quelques minutes, elle a apaisé mon angoisse. Il nous a dit que vers Jokhov la mer serait assez maniable parce que l'île baignait dans une soupe de glace et qu'il y avait une baie relativement abritée au nord-est. Il a ajouté que les glaces étaient très en retard cette année, mais ça, on l'avait constaté par nous-mêmes.

Vers deux heures du matin, nous sommes effectivement entrés dans une sorte de sorbet. Les glaces flottantes pesaient sur la mer et contenaient son ardeur. Trois heures plus tard, quille relevée, *Yupik* laissait filer l'ancre dans une baie assez bien protégée des vents dominants. Après le bruit de la chaîne glissant dans l'écubier d'étrave, ce fut le silence. Un silence immobile, éprouvant comme le tumulte de l'absence.

*12 octobre 2017,*
*île Jokhov, archipel de Nouvelle-Sibérie, – 9°C*

La lumière froide de l'aube a chassé la pénombre et révélé un paysage neuf et apaisé. La neige tombée pendant la nuit avait recouvert terre et mer. L'île qui nous faisait face avait un trait de côte incertain. Elle ne se distinguait que par son relief. De hautes falaises fermaient la baie. C'était curieux de voir *Yupik* ainsi, serti dans la glace. Ça pourrait être beau. Il est probable que ça le soit, mais la fatigue et l'état de Loïc nous accablaient trop pour que nous y soyons sensibles. Erwan et moi avons fait le tour du bateau avant d'aller nous reposer. Je ne sais pas ce qui nous tenait éveillés. L'adrénaline accumulée pendant ces longues heures sans doute.

Nous avons travaillé jusqu'au lever du jour pour remettre en service la chaudière. Enfin, surtout Erwan. Moi j'étais là pour passer les clefs et me rendre utile. La chaudière fonctionnait au gasoil, comme le moteur, mais son réservoir était indépendant. Il y avait urgence. Sans chauffage, toutes les canalisations risquaient d'être détruites par le gel, ainsi qu'une partie de l'électronique de bord. Dans le même temps, les pompes de cale s'activaient à refouler à l'extérieur les litres d'eau avalés par *Yupik.* Nous avons travaillé en échangeant peu de paroles. Erwan poussait surtout des jurons. Nous étions échoués sur une île déserte et notre situation n'était guère enviable. À bâbord, la coque portait des traces de coups et de profondes griffures. Elles évoquaient les stigmates de l'attaque d'un monstre marin, mais c'est le mât qui, en frottant contre la coque, était responsable de ces dégradations. Erwan m'a fait une longue accolade et est rentré. Je suis restée sur le pont quelques instants pour tenter de mettre un peu d'ordre dans mes idées. Sans l'élancement de son grand mât, *Yupik* était comme un oiseau blessé. Il portait dans ses plaies toute la désolation de l'équipage.

Je me suis levée vers midi. Le temps était à la pluie. La météo inconstante. Va-t-elle se résoudre un jour à afficher durablement des températures de saison ? J'ai peur que ce terme ne veuille déjà plus rien dire. Dans le carré, j'ai eu la surprise de trouver Valery attablé avec Jens et Louise. Il semblait avoir retrouvé goût à la vie, assez pour avaler un plat de pâtes.

— Est-ce que vous avez des nouvelles de Loïc ?

— Margot a passé la nuit près de lui. Il est très faible et respire mal. Il a probablement plusieurs côtes cassées. Il n'est pas impossible que l'une d'entre elles ait perforé un poumon. Ce qu'il lui faudrait, c'est de l'oxygène. Margot a réussi à joindre au téléphone le service des urgences où elle a fait son stage. Loïc souffre également d'un œdème pulmonaire. Il a encore de l'eau dans les poumons et son sang passe dans cette eau parce que la mer est plus concentrée en sel que le sang.

— Je ne suis pas sûre d'avoir tout compris, Louise. Alors Loïc n'est pas tiré d'affaire…

— Il faudrait l'évacuer au plus vite vers un hôpital. L'association s'occupe de ça. Jens a fait le point avec eux.

Jens lissait sa barbe. Il a levé les yeux vers moi. Ses traits étaient tirés.

— Ils vont informer le Quai d'Orsay et prendre contact avec l'agence qui devait nous ravitailler pendant l'hivernage pour monter une opération de secours. J'espère qu'ils ne tarderont pas trop.

— Où sont les autres ?

— Jeanne met de l'ordre dans le laboratoire. Il y a de la casse et un congélateur s'est ouvert lors du chavirage. Une bonne partie des prélèvements qu'il contenait sont inutilisables. Zoé doit être dans la cambuse. L'eau y est entrée également. On va devoir jeter pas mal de nourriture. Quant à Erwan, il a le nez dans l'antenne satellite. Pas sûr qu'il puisse faire quelque chose… Triste bilan.

Je suis allée me chercher une assiette. Les pâtes qui restaient au fond de l'égouttoir étaient tièdes et collantes comme la neige fondue qui poissait les vitres du carré. Louise a rejoint Jeanne dans le laboratoire et Jens a filé vers la timonerie faire je ne sais quoi. Valery m'a esquissé un sourire.

— Affronter une tempête polaire les deux pieds au sol, c'est déjà pas simple, mais sur un petit bateau qui tangue, roule et manque de se renverser à chaque vague, c'est une pure folie. Vous ne pouviez pas affréter un vrai bateau ?

— *Yupik* a été construit pour naviguer dans les glaces. Tu n'étais pas volontaire pour monter à bord ?

— Non, pourquoi ?

— Je ne sais pas. J'imaginais qu'ils avaient demandé à un spécialiste de l'Arctique d'embarquer avec nous.

— Spécialiste de l'Arctique, peut-être bien, mais je n'ai jamais eu le pied marin.

— Tu crois que l'armée peut nous envoyer un de ses hélicos, comme pour la découverte sur l'île aux mammouths ?

— Si j'étais vous, je ne compterais pas trop là-dessus. Quand la France a envoyé ses navires parader le long de nos côtes cet été, les forces spéciales ont débarqué à Tiksi. Elles étaient à deux doigts de les arraisonner et à moins d'une phalange de plus de les passer par le fond !

— Je vois…

— Maintenant, si tu me dis où le vieux Iakoute a caché ses défenses de mammouth, je pourrai peut-être bien faire quelque chose…

— Valery, tu viens de me dire que tu n'étais qu'un subalterne condamné aux galères, alors je ne vois vraiment pas comment tu pourrais convaincre les autorités de mettre en œuvre une opération de secours !

— T'es une maligne, toi !

— L'urgence, c'est que les secours arrivent à temps pour Loïc. Si tu peux faire quelque chose dans ce sens, s'il te plaît, fais-le.

Je suis allée voir Loïc. Il était conscient. C'est à peine s'il pouvait prononcer trois mots sans reprendre son souffle. Margot m'a dit qu'elle lui administrait un diurétique pour éliminer l'eau qui restait dans ses poumons, mais que ça compliquait son alitement parce qu'il devait uriner régulièrement. Margot est admirable dans son rôle de soignante. Je suis ensuite allée aider Zoé à mettre de l'ordre dans la cambuse. À midi, nous avons fait le bilan de notre situation. Erwan avait remplacé l'antenne Iridium par celle de secours et toute l'électronique était de nouveau opérationnelle. Nous avions du gasoil en quantité pour le chauffage et pour le groupe électrogène. Le dessalinisateur fonctionnait toujours compte tenu de la faible épaisseur de glace. Malgré les pertes, nous avions au bas mot un mois de nourriture. Le laboratoire était l'endroit qui avait le plus souffert lors du chavirage, ce qui était assez prévisible. Le moteur était inopérant mais, malgré cela, la situation n'était pas tragique. L'urgence étant toujours d'évacuer Loïc vers un hôpital.

En fin d'après-midi, Erwan nous a annoncé que la compagnie Arktika, qui devait assurer l'approvisionnement de *Yupik* pendant l'hivernage, était actuellement occupée avec des touristes chassant l'ours blanc sur l'île Bolchevique, située à plusieurs centaines de kilomètres de notre position, et qu'elle ne pouvait pas envoyer d'hélicoptère avant une dizaine de jours, si toutefois la météo se maintenait.

— La mort d'un ours vaut plus que la vie d'un homme, c'est donc ça la nouvelle donne ?

Louise était abasourdie et accablée, comme nous tous d'ailleurs.

— L'ours blanc est une espèce menacée et protégée par un accord international depuis 1973.

— Oui, en règle générale, a dit Valery. Mais en Russie, ce sont les Russes qui commandent. Il y a un tas de pognon à se faire avec ça. L'ours blanc, c'est le trophée absolu. C'est moins gros que l'éléphant, mais ça a plus de gueule. L'Afrique, ça fait plus rêver les mecs. Mais un tir ici, au sommet du monde, ça n'a pas de prix pour les riches Européens ou les Américains. Il n'y a que les guides russes qui peuvent proposer ça. On chasse l'ours avec du 9.3 x 74 mm, c'est le calibre idéal. C'est l'arme que j'ai prise avec moi. Vous avez quoi comme arme à bord ?

Valery ne voyait le monde que par le prisme de l'argent. Je ne lui jette pas la pierre, la quasi-totalité de l'humanité industrialisée fonctionne ainsi.

*8 janvier 2019,* lectio divina

Assis à sa table de travail, le visage figé en une expression d'humilité, Dom Joseph est plongé dans la *meditatio.* Après avoir lu une dizaine de fois un passage de la Genèse, il médite sur le commencement de la vie et sur les méthodes orthodoxes ouvrant vers une relation vraie et sincère avec Dieu. Ce travail spirituel, trop souvent abscons, l'astreint à de longs efforts de concentration. Il se demande s'il est normal de devoir en fournir autant pour un si maigre résultat. Le temps passe, mais ne l'emporte pas vers la béatitude à laquelle il aspire. Il aimerait tellement glaner quelques prémices de cet état de grâce et en ensemencer son esprit. Quand arrive le moment de la *contemplatio,* il n'écoute déjà plus Dieu. Il est avec Anna dans la tourmente. Avec elle dans le naufrage du navire et de celui annoncé de l'expédition qu'elle entrevoyait comme rédemptrice. Il partage ça avec elle, la difficulté à se construire une nouvelle existence, une rémission qui se refuse. Comme Anna, il se sent fragile et vulnérable sur la rive d'une île lointaine. Son île à lui, c'est le monastère, son océan, le silence sur lequel il espérait voguer sans émois. Mais il est parsemé d'écueils. Dom Joseph se voudrait plus discipliné.

Il se lève. Se sent faible. Les jeûnes ont commencé il y a trois mois et s'étireront jusqu'à Pâques. Ça lui est difficile de ne faire qu'un repas par jour. Le vendredi est pire encore parce qu'il doit se contenter d'un simple morceau de pain pour la journée. Il n'est pas rare qu'un novice fasse un malaise pendant un office. Les premiers mois, Dom Joseph avait pleine confiance dans les statuts qui disent que « les pénitences sont de simples moyens destinés à alléger la pesanteur du corps pour pouvoir suivre le Seigneur plus promptement ». Mais le temps et les fringales ont érodé ses certitudes.

Pour faire taire ses mauvaises pensées, comme sa faim, il pose un livre liturgique sur le rebord de la fenêtre et s'exerce à chanter les psaumes de l'office de nuit. En silence, il chante.

*18 octobre 2017, île Jokhov, – 27°C*

La banquise s'était enfin formée. En quatre jours et quelques heures, la mer s'était solidifiée. *Yupik* gémissait comme un animal blessé. Cette nuit encore, j'ai été réveillée par de terribles craquements. Erwan assurait que le bateau était en sécurité, mais c'était difficile à croire. Ce matin, quatre ours polaires tournaient autour de *Yupik*. Ils étaient incroyablement agiles et curieux. Les plus audacieux se sont dressés contre la coque, étirant leur corps massif pour passer leur tête entre les filières. C'était à la fois beau et effrayant. Ils n'affichaient aucun signe d'agressivité. C'est assez rare de voir des ours blancs en groupe. D'ordinaire, c'est un animal solitaire. Louise a supposé qu'il devait y avoir un grand nombre de phoques dans le coin, ou le cadavre d'un animal pouvant donner de la nourriture en quantité, comme un rorqual. Je suis montée sur le pont avec Valery et Erwan pour faire des photos. Ils ont tenté de repousser les ours avec des fusées de détresse, mais elles ne se sont pas montrées très dissuasives. À peine se sont-ils éloignés d'une vingtaine de mètres. C'était un sérieux problème, parce qu'il nous fallait descendre chercher des blocs de glace et de la neige chaque jour pour notre production d'eau douce, le dessalinisateur, pris dans les glaces, ne fonctionnant plus.

Loïc était en danger. Margot avait quotidiennement le CHU de Grenoble au téléphone, mais l'avis des médecins ne faisait que renforcer notre impuissance. Son état se dégradait. Elle posait, à chacune de ses visites, un petit appareil au bout du doigt de Loïc pour surveiller son taux d'oxygène dans son sang et il était très bas. Aucun secours en vue. Dans le meilleur des cas, un brise-glace russe devrait nous récupérer dans trois semaines. Jens a proposé de mettre à profit ce laps de temps pour travailler et des instruments de mesure ont été installés sur la banquise.

La météo s'est dégradée en milieu de journée. Une brume opaque a gommé l'île. Tout l'équipage était occupé par les tâches qui lui incombaient. Je suis allée aider Zoé qui préparait le repas du soir avant de me rendre au laboratoire, en quête d'informations.

Jens y travaillait avec Margot et Jeanne.

— Est-ce qu'il y a des éléments nouveaux ? Je prépare une publication pour demain.

— J'ai rien de sensationnel pour toi, m'a répondu Margot, mais va voir Jeanne, elle a fait une découverte qui va te faire froid dans le dos. Je vous laisse, je dois aller voir Loïc.

Je me suis avancée vers Jeanne.

— C'est quoi ce truc effrayant que tu as découvert ?

— Un virus, mais rien ne dit qu'il soit effrayant. Jens et moi avons poursuivi l'étude de nos prélèvements, enfin ceux encore exploitables. Je me suis concentrée sur les blocs de glace expulsés du cratère lors de l'explosion de la bulle de méthane sur l'île de la Grande Liakhov. Ils sont très riches et contiennent une telle quantité d'informations que plusieurs mois de travail seront nécessaires. J'ai porté mon attention sur des germes. Nous avons mis en évidence ceux qui posaient question, plusieurs ressemblaient à des virus. Nous les avons isolés afin de pouvoir les étudier. Par précaution, nous les avons manipulés dans le caisson étanche. C'est la boîte qui est derrière toi, avec les manchons qui pendent à l'intérieur.

— C'est rare de trouver des virus ?

— Dans les carottes de glace, ce n'est pas si courant. Ce sont toujours des virus très anciens, souvent de plusieurs milliers d'années.

— Ils avaient quelque chose de spécial ?

— J'en ai isolé un qui ne ressemble à rien de connu. Ce qui est très surprenant, c'est qu'il soit vivant. Il lui a fallu moins d'une heure pour quitter sa léthargie après être resté piégé dans la glace des milliers d'années probablement. Un nouveau virus peut-être bien. Ce ne serait pas la première fois. Des virus géants ont été découverts récemment dans les glaces de Sibérie.

— Je crois bien en avoir entendu parler.

— Je l'ai montré à Margot. On a introduit une forte dose d'antibiotiques dans un échantillon afin de tuer les bactéries et l'isoler. Les virus sont insensibles aux antibiotiques, comme tu le sais.

— Ne sois pas aussi arrogante, Jeanne.

Jens, qui n'avait pas encore ouvert la bouche depuis mon arrivée, a lâché ça d'un ton sentencieux et totalement inapproprié.

— Je… j'ai juste pensé qu'il était important de le rappeler à Anna.

— Les jeunes chercheurs sont pleins de morgue. Le plus souvent, elle cache leurs lacunes. En général, ça ne dure pas.

— Jeanne a raison. Ça ne me serait pas spontanément venu à l'esprit, cette histoire d'antibiotiques.

Jens regardait Jeanne en souriant. À quel jeu jouait-il ? C'était méprisant et déstabilisant pour elle. Il avait attendu que Margot soit sortie pour planter ses banderilles. Il ne voulait assurément pas s'exposer devant elle, risquer qu'une autre scientifique prenne sa défense.

— Mais continue, je t'en prie.

Elle a hésité quelques secondes. Elle ne savait plus bien où elle en était.

— On a donc éliminé les bactéries et placé le virus en présence d'amibes. Elles ont été infectées en quelques heures. Ce virus est très efficace et il se reproduit très vite. Voilà, c'est tout ce que l'on peut dire.

— Est-ce qu'il représente un danger ? Est-ce qu'il serait transmissible à l'homme ?

— Le virus n'a besoin que d'une chose pour se développer, trouver une cellule à squatter. Mais on n'en sait pas plus pour le moment.

— Qu'est-ce que tu comptes faire ?

— On va le laisser dans un congélateur. Il devra être étudié dans un laboratoire plus adapté. Nous allons faire une publication pour présenter ces travaux prélimi…

— Je ne crois pas que ce soit une bonne idée, l'a coupée Jens. Ce serait aller un peu vite en besogne.

Laissons la découverte de notre Ötzi de Sibérie faire la publicité de notre expé. Elle en a bien besoin. Mettons tout ça de côté pour le moment.

— Je ne te suis pas. Un virus qui reprend vie après des milliers d'années passées dans la glace, ce n'est pas si commun, Jeanne vient de le dire.

— Encore une fois, tout cela n'est qu'emballement et supposition.

— Il faut absolument que je parle de cette découverte.

— Bien sûr, Anna, tout le monde sait que tu es une grande spécialiste des virus piégés dans les glaces. Pourquoi tu n'écrirais pas un livre là-dessus ?

— Je suis ici pour ça, c'est mon job. Je crois savoir qu'il y a de vastes projets d'exploitations minières et de forages dans la région. Ça pourrait bien devenir des vecteurs de contamination. Les lecteurs ont envie d'avoir ce genre d'infos.

— Tu « crois savoir » ! Tout est toujours comme ça ! Les gens croient savoir, croient détenir une vérité. Mais ils ne savent rien, des vétilles qu'ils extrapolent pour en tirer des conclusions catastrophiques. On fait de la science sur ce bateau, pas du journalisme jaune.

Jens a quitté le laboratoire. Il a croisé Louise qui entrait avec des prélèvements d'eau de mer dans un panier porte-bouteilles. Jeanne était dans tous ses états. Elle tremblait. De frayeur ? De rage ? Je n'aurais pas su dire.

— Qu'est-ce qui se passe ?

— Jeanne a découvert un virus vivant dans un morceau de glace et Jens ne tient pas à ce que ça se sache. Il s'est montré méprisant et odieux.

— C'est le responsable scientifique de cette expédition, il doit avoir de bonnes raisons pour ne pas le faire. Dans l'eau de mer, il y a plus d'un million de virus par litre, tous vivants. Le plus inquiétant ce ne sont pas les virus, mais la quantité de micro-plastique que je trouve dans chaque prélèvement. Tu devrais parler de ce problème dans un prochain article.

— Ça n'excuse rien ! Je vais quand même préparer quelque chose sur ce virus. Je viendrai te voir plus tard pour en savoir plus.

En début de soirée, Jens est venu s'asseoir à côté de moi dans le carré. J'étais plongée dans l'odyssée de la *Jeannette,* trouvée dans la bibliothèque du bord, parmi les ouvrages de Nansen, Barentsz ou encore Shackleton. Être toute proche du lieu du naufrage donnait un intérêt particulier à ma lecture. Jens a posé sur la table une bouteille de vodka, de la bière et a jeté un coup d'œil à la couverture de mon livre.

— Je crois bien avoir retenu ton attention en te parlant de cette expédition. Tout n'est peut-être pas perdu…

Il ne s'est pas excusé. Erwan, Valery et Zoé nous ont rejoints et leur présence m'a rassérénée. Il leur a proposé un verre.

— Tu ne sers pas Anna ? a demandé Erwan.

— Pourquoi je ferais ça ?

— Qu'est-ce qui se passe, Jens ?

— Rien. Il ne se passe rien. Tout va pour le mieux, comme chacun sait.

J'ai lancé :

— Il est comme ça depuis ce matin. Je ne sais pas ce qu'il cherche.

— Je cherche à comprendre et je cherche l'équilibre. Certains aspects sont moins visibles que d'autres, comme la grotesque coiffure de Jeanne par exemple, mais n'en pèsent pas moins lourd dans la balance.

— Je ne comprends rien à ce que tu dis !

— Les Russes et les scientifiques du laboratoire de glaciologie de Grenoble ont été les premiers à corréler les activités humaines et le réchauffement climatique grâce aux prélèvements réalisés sur leur base de Vostok, en Antarctique. Un forage qui retrace quatre cent vingt mille ans d'histoire de notre climat grâce aux bulles d'air piégées dans les carottes de glace. Elles nous ont permis de connaître la composition de l'atmosphère sur cette période et les températures grâce à ce que nous appelons le « thermomètre isotopique ». Les courbes du graphique issues de ce travail tendent à montrer la relation entre l'élévation de la température et l'augmentation du gaz carbonique et du méthane dans l'atmosphère. On y voit d'ailleurs clairement le début de l'ère industrielle. Mais c'est une question de lecture. Il ne faut en tirer aucune conclusion trop hâtive. Le pire n'est jamais certain.

— Je ne vois toujours pas où tu veux en venir.

— Nous sommes des scientifiques. Notre rôle est d'évaluer les changements et d'anticiper leurs conséquences. Pour ce faire, il nous faut de l'argent, beaucoup d'argent, et si l'on veut continuer à travailler, il nous faut savoir composer avec les mécènes qui financent nos laboratoires et nos travaux. Ensuite, c'est aux gouvernements et aux industriels d'agir. Ce n'est plus notre affaire. Chacun son rôle. Ce bateau, qui l'a payé à ton avis ? Et tous ceux qui se courent après autour du monde ? Demande à Loïc.

— Loïc a d'autres aspirations en ce moment, comme vivre par exemple. Il n'a cure d'entendre les propos d'un professeur vieillissant et cupide.

Jens s'est levé brusquement, piqué au vif, et sa haute stature m'a impressionnée. Je me suis reculée. Erwan a posé sa main sur son épaule en lui demandant de se rasseoir. Il y a consenti, tremblant de rage. J'ai quitté la table du carré.

*28 octobre 2017,*
*ancienne base météo de l'île Jokhov, – 32°C*

Je nageais très loin au large. Il y avait quelqu'un là-bas qui se noyait, mais ses cris étaient emportés par la clameur du vent, ses gestes de désespoir balayés par les vagues. Je luttais contre le courant, contre des creux de plus en plus profonds. Mes bras peinaient à s'extirper de la masse liquide pour me tracter. Ce n'étaient plus que deux appendices douloureux lourds comme des enclumes. Je me suis arrêtée pour me reposer et de l'eau est entrée dans mes narines. J'ai toussé, paniquée, puis lentement je me suis abandonnée aux flots sombres, pétrifiée d'effroi et le cœur déchiré. J'ai senti une secousse et j'ai ouvert les yeux. Jeanne était penchée sur moi.

— Tout va bien ?

Je me suis agrippée à son bras comme à une bouée. J'ai mis un certain temps à reprendre mes esprits.

— Allume une lampe s'il te plaît, je ne sais pas où nous sommes.

Jeanne a éclairé avec sa lampe frontale les poutres qui soutenaient le toit de la cabane, puis les parois de bois. La lumière m'a immédiatement réconfortée. J'étais encore tremblante. Dans le coin opposé au nôtre, j'ai aperçu deux masses couchées sur le sol et il m'est revenu qu'Erwan et Valery s'étaient allongés là après le repas.

— Oh, j'étais en plein cauchemar. Quelle heure est-il ?

— Deux heures et demie.

— Désolée de t'avoir réveillée.

— Je ne dormais pas. Tu fais souvent des cauchemars ?

— Toujours les mêmes… Ils me taraudent et finissent par me réveiller quand l'aube est encore loin.

— Je vois.

Je ne sais pas ce qu'elle voyait, quelque chose qui faisait écho en elle probablement. Jeanne est restée près de moi quelques minutes, puis elle est retournée se coucher sur son matelas. La lumière s'est éteinte et j'ai dû lutter contre la pénombre et le silence. Le pire aurait été d'y ajouter la solitude.

Hier, nous avons marché pendant cinq heures face à un petit vent glacial. La température ressentie était proche de moins cinquante degrés. Je ne pensais pas qu'il était possible d'avoir aussi froid. Je ne sais pas comment nous y avons survécu. Quand Valery et Erwan ont dit qu'ils allaient faire un tour jusqu'à l'ancienne base météo de l'île, je me suis immédiatement proposé de les accompagner. Les dix derniers jours avaient été détestables. Le brouillard masquait tout, quand ce n'était pas le vent polaire qui balayait la banquise en soulevant des masses de cristaux de glace qui meringuaient *Yupik*. L'état de Loïc pesait sur nos esprits. Passé les premiers jours, il avait connu une période pendant laquelle on s'était pris à croire à son rétablissement, mais son état s'était ensuite de nouveau dégradé. Nous n'étions plus que les spectateurs impuissants de sa lente agonie. Jeanne a dit qu'elle aimerait se joindre à nous pour savoir si l'île était recouverte par des glaces pérennes. Nous avons préparé deux pulkas – des traîneaux légers, en polyester, équipés d'un brancard – pour transporter nos affaires et la nourriture. Nous nous sommes engagés dans une vallée bordée de falaises. La pente était assez raide. Erwan et Valery peinaient à tirer leur pulka. Après une heure et demie d'efforts, nous avons pris pied sur un vaste plateau. Le temps était limpide. Nous avons marché sans nous arrêter jusqu'à ce qu'une série de bâtiments en bois, coalisés autour d'une antenne, se dessinent dans l'azur blanc-bleu. Il était quatorze heures trente quand nous sommes entrés dans celui qui nous a semblé le moins vétuste. Jeanne a profité des dernières lueurs du jour pour arpenter les alentours. La nuit tombe dès quinze heures trente à cette période de l'année. Elle est incroyablement résistante, Jeanne. Je ne sais pas d'où lui vient cette force. Moi j'étais congelée jusqu'aux os et attendais avec impatience qu'Erwan allume un feu dans le poêle qui trônait au centre de la pièce, tandis que Valery tentait de redresser le conduit d'évacuation des fumées. Après manger, nous avons fait une partie de cartes. La température dans la cabane n'excédait pas sept degrés, mais après le froid glacial de la journée, elle nous apparaissait incroyablement douce.

Le lendemain, nous avons fait le tour de la station. Je tentais de m'imaginer la vie de ceux qui avaient autrefois habité ces lieux. Une vie de désolation. Une vie pour rien peut-être bien. Comment savoir ce qui se passe dans l'esprit de quelques hommes relégués aux confins du monde.

Sur le chemin du retour, nous nous sommes arrêtés en haut du couloir plongeant vers le rivage. La vue était saisissante dans la lumière déclinante. En contrebas, on voyait *Yupik* serti dans la banquise. De la lumière éclairait les hublots du carré et faisait des taches jaunes sur la glace. Jeanne a demandé à Valery de nous prendre en photo, Erwan, elle et moi. Cela m'a surprise que ça vienne d'elle.

Dans la descente, j'ai glissé et ma cuisse gauche a heurté un rocher. J'ai bien cru que je n'allais pas pouvoir me relever. Sur le coup, je n'ai pas remarqué l'entaille dans mon pantalon. Jeanne m'a dit :

— Tu saignes, mais avec le froid, ça ne durera pas.

De retour au bateau, Margot m'a fait trois points de suture. Je n'ai pas osé regarder l'aiguille pénétrer dans mes chairs. Je lui ai demandé des nouvelles de Loïc.

— Loïc et le jeune Iakoute auront le même destin. Quand les secours arriveront, s'ils arrivent un jour, il sera trop tard.

Elle a dit ça comme elle suturait ma plaie, sans trembler.

*2 novembre 2017, île Jokhov, – 38 °C*

Jeanne est entrée dans ma cabine peu avant minuit.

— Qu'est-ce qui ne va pas, Jeanne ?

— Ne me pose pas de questions qui m'obligeraient à te mentir… comme je me mens.

— Je me suis beaucoup menti, moi aussi.

— Jusqu'où ?

— Jusqu'à ne pas voir une grossesse, par exemple.

— Ça fait quoi ?

— Mal. Comme pour toi, j'imagine.

— Tu ne sais rien de moi, alors n'imagine rien.

— Il suffit de te regarder. Tu as l'air de quelqu'un qui vient de passer sous un train.

Jeanne a baissé la tête. Elle était prête à sortir. Je ne sais pas ce qui l'a retenue.

— C'est presque ça. Tu l'as gardé ?

— L'enfant ? Oui. Après six mois de grossesse, on n'avorte plus.

— Un garçon ?

— Une fille. Elle est morte.

— Ah ! Il y a longtemps ?

— Vingt-deux mois et huit jours. Zora était mon étoile. Elle est avec moi chaque jour. Pourtant, tout avait bien mal commencé… Il faut que tu te libères du fardeau qui te fige.

— Tu as raison, je suis une sorte de banquise. Froide et inexpressive. Il faudrait que je brise en moi la mer gelée…

— C'est du Kafka, ça ! Pourquoi toujours cacher ton esprit derrière celui des autres ? Jens ne mérite pas autant d'attention. Et puis Louise dit que sous la banquise il y a une vie foisonnante.

— Pourquoi tu parles de Jens ? Est-ce que je te parle de lui ?

— C'est à toi de voir… Je crois que tu es là pour ça.

Jeanne s'est assise sur la bannette et s'est trituré les doigts.

— Je l'ai rencontré pour la première fois à l'aéroport de Nunavut, sur l'île de Baffin, dans l'Arctique canadien. C'était ma première mission. Il m'a accueillie dès la sortie de l'avion. J'étais assez anxieuse et j'ai trouvé quelque chose de rassurant chez lui. Sa stature y est pour beaucoup, sa barbe et son âge aussi probablement. À l'époque il devait avoir cinquante-deux ans, ce n'est pas vraiment vieux, mais c'était quand même vingt-six années de plus que moi. Avec un peu plus d'embonpoint, il aurait fait un parfait père Noël. C'est comme ça que je l'ai perçu. Dans les mois qui ont suivi ce voyage, il m'a invitée à visiter son laboratoire en Allemagne, dans les locaux de l'Institut Alfred-Wegener. C'est là qu'il m'a proposé de superviser ma thèse. Nous avons ensuite passé un week-end en Basse-Saxe, sur l'île de Langeoog, dans une maison bourgeoise. Nous sommes arrivés un jour de grande marée. On était en décembre et le ferry qui nous a conduits jusqu'à l'île a secoué la dizaine de passagers qui s'étaient risqués à faire la traversée. La maison était en brique rouge, avec en façade un bow-window aux menuiseries blanches, qui donnait sur la mer. Nous devions être plusieurs, cinq ou six personnes. J'ai été étonnée, et embarrassée, de me retrouver seule avec lui. Il ne m'a pas dit pourquoi les autres invités n'étaient pas venus.

» Je me suis laissé bercer par sa voix, par ses récits, par ses développements, parfois complexes, comme l'influence des courants marins sur le réchauffement climatique. Nous avons passé la soirée à écouter la mer gronder, le vent siffler dans la toiture et à boire du vin de glace. Je n'ai pas de suite fait attention à la main de Jens sur ma cuisse. Il s'est rapproché de moi et sa main s'est faite plus inquisitrice. Je me suis sentie piégée par cette proximité née du fracas des vagues, de la chaleur qu'exhalait l'âtre et de la douceur veloutée du vin. Par l'attention qu'il me portait aussi, peut-être bien. Il m'a aidée à me relever. J'avais trop bu. Il m'a emmenée dans une chambre aux draps gelés. Il a tiré la couette et j'ai senti son ventre se blottir contre mes flancs, ses mains se précipiter sous mon pull. Je me suis crispée. Je ne savais pas bien pourquoi j'étais là. J'ai tenté de le repousser, mais ses jambes et tout le poids de son corps m'immobilisaient. Le vin embrumait mon esprit. J'avais un peu mal au cœur. J'ai regardé les gouttes de pluie glisser sur les vitres. J'ai écouté le vent et la mer pour ne pas avoir à entendre les bruits que faisait Jens. Sur la table de nuit, il y avait une photo de lui avec sa femme. Enfin, j'imagine que c'était elle. Elle passait devant mon visage par intermittence, au gré des mouvements de ses hanches. Une femme assez forte, avec un manteau de fourrure. J'ai pensé que c'était peut-être bien de la vraie fourrure, un cadeau de Jens. Je me suis demandé s'il était capable de ce genre d'entorse, alerter sur les dangers qui menacent nos écosystèmes et offrir à sa femme un manteau en peau de loup arctique. Puis il s'est redressé, m'a tirée par le bras et je me suis retrouvée sur le ventre. Quand j'ai réalisé ce qu'il était en train de faire, j'ai crié et j'ai essayé de le repousser, mais il a pesé sur moi de tout son poids et c'est à peine si je pouvais respirer. Après ça, il m'a dit de sortir de la chambre, que ma place n'était pas dans cette pièce. J'ai cherché ce que j'avais bien pu faire, où et quand j'avais commis l'erreur de lui laisser croire que… J'ai passé le reste de la nuit entre les toilettes et le canapé. Le lendemain, il était comme tous les jours d'avant. Il m'a parlé de sujets sérieux, des sujets en rapport avec mes travaux. Je n'ai pas osé l'interrompre. J'étais persuadée de m'être mal conduite, que ce qui était arrivé était de ma faute, que je ne comprenais rien aux hommes, aux relations amoureuses. Je n'avais aucune expérience. Il m'a dit que j'avais une petite mine et nous sommes allés prendre l'air sur la longue plage, derrière les dunes, à l'abri du vent. Puis nous avons poussé jusqu'au phare, par l'estran. La mer était verte et roulait sur le sable des algues brunes. De lourds nuages noirs accrochaient la lumière et mes pensées. En fin de journée, nous avons regagné le continent. Nous nous sommes séparés à la sortie du ferry. Comme ça, comme à la fin d'un cours. Les semaines, les mois qui ont suivi ont été difficiles à vivre. Je prenais des douches plusieurs fois par jour, je me sentais sale, mais j'ai dû le revoir jusqu'à la fin de mes études. J'évitais d'être seule avec lui. Mais il a recommencé…

— Pourquoi t'être embarquée dans cette longue expédition avec lui alors ?

— Je ne sais pas… Il m'a dit : « On part en expé dans l'Arctique sibérien en septembre. Prépare un protocole d'étude qui tienne la route. » C'est ce que j'ai fait. Mais maintenant, je ne veux plus vivre ça.

— Tu veux dormir là ?

— Si ça ne te gêne pas.

— Non, bien sûr que non… C'était lui à la station de Samoylov ?

— Oui, qui d'autre ?… Toi, tu ferais quoi ?

— À ta place ? Je ne sais pas, tu trouveras toute seule, sois-en sûre. Mais moi, je sais ce que je vais faire.

— Quoi ?

— Tu as oublié que j'étais journaliste ?

— Je ne suis pas certaine de vouloir faire ça !

— Maintenant que l'antenne Iridium est réparée, je vais pouvoir me remettre au travail et envoyer de nos nouvelles. Glaner des infos aussi. Je vais solliciter quelques-uns de mes contacts pour en savoir plus sur lui.

— J'ai peur, Anna. Il dira que je suis dépressive et que j'ai inventé toute cette histoire.

— Oui, c'est ce qu'il va faire, dans un premier temps. Mais il changera vite de stratégie, fais-moi confiance.

— Pourquoi tu ferais ça ?

Je ne lui ai pas répondu. Ce n'était pas une question, seulement l'expression de son étonnement d'avoir été écoutée et comprise, sans blâme ni procès d'intention. Nous nous sommes allongées dans nos bannettes. Dehors, le vent soufflait fort et le thermomètre affichait moins trente-cinq degrés – ce qui correspondait à un ressenti de moins cinquante-cinq, selon le tableau Windchill qui fait la corrélation entre la température et la vitesse du vent. La coque en aluminium de *Yupik* émettait de longs grincements inquiétants, des déchirements métalliques ponctués du craquement sec des plaques de glace qui se brisaient et se chevauchaient sous la morsure du froid polaire. La banquise nous enserrait dans son étau. J'avais beau savoir que la coque avait été dessinée de façon à être expulsée vers le haut, comme un savon humide que l'on serre dans son poing, je n'étais pas rassurée. L'immensité blanche et désertique qui nous entourait nous rendait si vulnérables et fragiles.

— Jeanne, tu dors ?

— Non. Je n'y arrive pas sans somnifère.

— Quand Zora est morte, elle avait six ans, presque sept. Elle jouait dans la piscine, chez les parents de Romane, ma compagne. Elle a glissé et s'est cogné la tête sur la margelle avant de tomber à l'eau. Si quelqu'un avait été près d'elle, Zora vivrait et je ne serais pas ici. J'en ai voulu à Romane, déraisonnablement, à la hauteur de ce qui me liait à elle. Cinq minutes d'inattention et c'est la vie qui bascule… J'ai toujours pensé que l'esprit devait primer et que le corps n'était que son faire-valoir. J'ai cultivé le premier et utilisé le second juste ce qu'il faut pour exister. Organiser ma vie en fonction de mon métier. Mes relations faisaient partie d'un cercle de journalistes et de l'élite de la région… Je me rends compte aujourd'hui de l'arrogance que cela présuppose. Quand je suis tombée enceinte, il m'a fallu près de six mois pour m'en rendre compte. Je n'ai rien voulu voir, rien voulu déduire de l'accumulation de ces choses qui arrivent parfois, n'importe quand et à n'importe qui, comme la prise de poids, la fatigue ou les fringales. Je ne sais pas comment une telle ineptie peut s'ancrer dans un esprit, comment elle s'est emparée du mien, l'a trompé. Comment cela a pu m'arriver à moi. Le père de Zora s'appelle Jørn Helgason. Il est norvégien. Il ne sait rien d'elle parce que je ne lui ai rien dit. Je l'ai rencontré lors d'un séjour en Norvège. C'est un guide qui organise des sorties en kayak de mer dans les fjords et des randonnées sur leurs sommets. Enfin, je ne sais pas s'il fait encore ça. Je l'avais trouvé charmant et sûr de lui les premiers jours. J'aimais le son de sa voix. Après trois semaines, je ne lui trouvais plus grand-chose. De lui, je ne connais rien d'autre que sa façon d'être dans son rôle de guide. Tu sais, si ma grossesse n'avait pas été si avancée, je serais certainement allée en Hollande pour avorter. C'est ainsi… Quelques semaines après la naissance de Zora, j'ai pris rendez-vous avec un psy. Je ne voyais pas bien quoi faire d'autre. Quelque chose n'allait pas dans la relation que j'étais censée nouer avec mon bébé. J'ai pensé consulter une femme, mais j'ai eu peur de ce que j'allais devoir lui dire. Il m'a semblé qu'un homme me jugerait moins sévèrement. J'ai immédiatement détesté celui à qui j'ai déballé mes viscères. J'ai exécré sa voix liquoreuse, sa manière de me porter attention tout en se demandant ce qu'il allait bien pouvoir faire de son week-end, de fixer ma poitrine, sans que je sache s'il tentait de déchiffrer les lignes floquées sur mon T-shirt ou s'il matait mes seins, sa façon de psalmodier : « Bien, c'est bien, dites-m'en plus. Vous savez, les conflits les plus intenses, s'ils sont surmontés, laissent généralement un sentiment de sécurité. » J'ai trouvé la démarche particulière parce qu'elle revient à monter sur un ring avec son double, sous le contrôle d'un arbitre des sentiments, de la pensée. Je me demande si la démarche en elle-même n'était pas déjà salvatrice, une acceptation de mes faiblesses, un coup porté à ma toute-puissance. Il est heureux que je l'aie haï dès le premier jour, sans quoi je ne serais jamais arrivée à poser des mots sur ce déni… On ne construit rien sur le mensonge, sur les non-dits. À la maternité, quand l'infirmière m'a dit que ce serait bien que je donne le sein à mon enfant, j'ai repoussé avec horreur les bras qui le présentaient à moi. Zora avait faim, elle pleurait. J'étais paniquée. J'ai vu la surprise et l'incompréhension dans son regard. J'ai cru devenir folle. Mais aujourd'hui, comme tous les jours, j'ai pensé à Zora et à Romane. Romane a été une révélation dans ma vie. Elle a fait éclore tout ce qui végétait en moi, désamorcé mes tensions. Nous nous étions inventé une vie de famille harmonieuse et heureuse… Je veux que tu le saches : je pleure moi aussi sur mes errements, sur mes manquements.

— Qu'est-elle devenue ?

— Nous nous sommes séparées, et quelques mois plus tard elle se donnait la mort. Sous un noyer… Romane m'a tout apporté, tout donné à voir. Zora, nous l'avons élevée ensemble. Son corps a été autopsié pour déterminer l'origine de sa mort.

C'est affreux d'imaginer ça, mais c'est une procédure habituelle pour écarter un éventuel homicide. Je ne pouvais pas m'y opposer. La lecture du rapport a été bien pire encore. Le légiste a noté que Zora était décédée par noyade et non de sa blessure à la tête. Plus loin, il était écrit qu'elle avait été agressée sexuellement, sans qu'on puisse déterminer si l'agression était récente ou pas. Mais elle aurait subi des actes pédophiles réguliers. Je n'ai rien vu, Jeanne. Ni moi ni Romane… Une enquête a été ouverte et ça a été terrible à vivre. Tout le monde a été interrogé, les entraîneurs du club de tennis, son professeur de piano, les enseignants, ma famille, celle de Romane, enfin tous les gens que Zora croisait dans sa vie. Ça n'a rien donné… Ça m'obsède, Jeanne. Je me remémore tous les moments passés avec Zora. Je les décortique seconde après seconde. Le temps et la mémoire jouent contre moi, mais je veux savoir qui a fait ça à ma Belette, à mon enfant. J'ai façonné l'arbre de ses connaissances, et noté toutes les interactions de Zora avec elles, son humeur après les avoir croisées, tous ces détails auxquels je n'avais pas donné d'importance sur le moment. Cette arborescence me conduira, je l'espère, en descendant de branche en branche, à la racine pivot. À l'origine du mal. Et qui que ce soit, il devra payer.

*8 janvier 2019, tierce*

Pourquoi faut-il qu'Anna ait écrit dans ce carnet ce qu'elle avait déjà livré verbalement à Jeanne ? Est-ce que dans l'écriture on se livre plus complètement, comble les oublis, revient sur les omissions ? Est-ce pour laisser une trace ? Pour confesser ses erreurs, ou cherchait-elle à lui dire quelque chose à lui, son frère ? Dom Joseph se tord les doigts. Ses interrogatoires ont ouvert un traumatisme. Il s'en souvient, comme un enfant poussé à l'eau sans savoir nager se souvient. Une marque au fer rouge. Une peur phobique qui jaillit à la simple pensée d'être éclaboussé. Lui aussi a peur des éclaboussures. Se remémorer les interrogatoires sur son emploi du temps et ses relations avec sa nièce lui noue la gorge, accélère son rythme cardiaque. Des heures affreuses. Il ne souhaite rien d'autre que d'oublier sa vie d'avant et de se mettre hors de portée de ses vicissitudes. Hors de tout, dans le silence du monastère et dans la contemplation des choses simples qu'il observe par sa fenêtre. Lors de son entretien pour devenir moine du cloître, il lui a été demandé de se réconcilier avec quiconque aurait un reproche à lui faire. Comment aurait-il pu faire une chose pareille ? Personne n'avait d'accusations à formuler contre lui.

Sa probation a été assez longue parce qu'il manquait de discipline. Ses gestes n'étaient pas exactement l'expression de ce qu'il était. Il craignait que son attitude tout entière, calquée sur les plus pieux de la communauté, ne sonne comme une cloche fêlée. D'ailleurs, était-il autre chose qu'une cloche qui s'agite quand on la sollicite ? Il faut les voir, les moines, se presser pour assister aux offices à l'appel du bronze en résonance et allonger le pas, fébriles, dans l'espoir d'avoir le privilège de mettre en branle le pesant mécanisme. À moins que ce ne soit pour voir l'heureux élu se déhancher dans un mouvement de bassin obscène pour lancer le joug. Le jour de sa présentation à la communauté, il a craint le vote de ses membres. Il l'a attendu comme un accusé attend le verdict de la cour. Cette épreuve passée, il se croyait définitivement à l'abri des tribulations de l'humanité. Mais rien n'est moins incertain que de se penser définitivement à l'écart du monde.

Seigneur, faites qu'Anna soit en paix, qu'elle ne porte pas le fardeau de la vengeance. Il ronge l'esprit de celui qui la cultive.

*5 novembre 2017, île Jokhov, – 37°C*

Cette nuit, Jens est venu frapper à notre porte. Jeanne dormait et je me laissais bercer par sa respiration régulière. Je suis allée ouvrir et il est entré d'autorité. Il empestait l'alcool. Jeanne s'est redressée et l'a regardé avec stupeur, sans savoir si elle sortait d'un cauchemar ou si sa présence dans notre cabine était bien réelle. Je lui ai demandé ce qui se passait, quelle urgence justifiait qu'il fasse irruption dans notre cabine en pleine nuit. Il m'a dit que cela ne me regardait pas. Jeanne a commencé à s'habiller, sans dire un mot. J'ai fait la même chose. Jens m'a lancé :

— Tu vas où ?

— Avec vous…

— Je ne t'ai rien demandé, recouche-toi !

— Je n'arrive pas à dormir, j'ai besoin de marcher un peu.

— Prends un somnifère !

— Je n'ai pas besoin de ton autorisation.

— T'es vraiment qu'une connasse, ne m'oblige pas à être désagréable.

— Laisse, Anna. Ce n'est pas un problème, Jens travaille souvent la nuit. C'est mieux si tu restes là, je t'assure.

— Il a surtout besoin de prendre l'air !

Jeanne m'a lancé un drôle de regard, presque enflammé malgré ses traits épaissis par le manque de sommeil. Elle a pris sa parka et est sortie la première. Jens a refermé la porte en m'adressant un sourire obscène qui dévoilait toutes ses dents au milieu de sa longue barbe. Un père Noël maléfique, une mutation du bien vers le mal, un clown d'Halloween, c'est ce qui m'est venu à l'esprit. J'avais le ventre serré. Je ne comprenais vraiment pas pourquoi Jeanne était partie avec lui. Rien ne l'y obligeait. Elle semblait répondre à une injonction hypnotique. C'était assez effrayant. J'ai attendu quelques instants avant de sortir à mon tour. Je suis allée à la cabine de Jens, mais elle m'a paru vide. J'ai visité le laboratoire, la cale avant, en vain. Je suis remontée dans le carré et me suis assise à la table. J'étais perplexe et angoissée. Où Jens avait-il bien pu entraîner Jeanne ? Le bateau n'était pas si vaste… J'ai perçu du bruit sur le pont et par les vitres du carré j'ai aperçu deux silhouettes. Il faut avoir des choses inavouables à se dire pour ressentir le besoin de s'épancher par moins cinquante-cinq degrés. Je les ai observés dans la pénombre. Je n'entendais rien d'autre que le ronronnement rassurant du générateur qui venait de se déclencher. Ils se sont avancés vers l'étrave et je les ai perdus de vue. J'ai patienté une quinzaine de minutes. Quand j'ai entendu des pas revenir vers la descente, j'ai filé vers ma cabine. Je me suis allongée et j'ai attendu le retour de Jeanne. Elle n'a pas tardé. Elle était transie de froid. Elle s'est précipitée dans son sac de couchage.

— Tout va bien, Jeanne ?

— Oui, je crois…

— Qu'est-ce qu'il te voulait ?

— Qui ?

— Jens, qui d'autre ?…

— Jens ? Oh, un problème à régler, ce n'était pas très clair. Rien d'important. Excuse-moi, mais j'ai vraiment besoin de prendre un truc pour dormir.

C'est ce qu'elle a fait. Elle n'a plus bougé jusqu'au lendemain matin.

Je me suis levée bien avant elle, vers sept heures trente. Le carré sentait le pain chaud – Zoé en fait trois fois par semaine. Erwan et Valery étaient en train de déjeuner. Zoé m'a apporté du thé, des céréales et un sourire. Elle est la première levée. Malgré les drames, il y a toujours cette sorte d'abnégation enchantée dans sa façon d'être. Zoé est indispensable à l'équilibre de chacun sur ce bateau. Nous avons parlé de Loïc. De ses chances de salut. Hier, son taux de saturation en oxygène était de quatre-vingt-neuf pour cent, ce qui est très bas. Erwan a dit qu'aux dernières nouvelles le brise-glace devrait être là dans deux jours, ce qui nous laissait assez peu de temps pour nous préparer à quitter les lieux.

— Que va devenir le bateau ?

— Je reste à bord jusqu'à ce que les eaux soient libres.

— *Yupik* n'est pas en train de couler. Dans ces conditions, pourquoi rester ?

— Je ne peux pas abandonner le bateau. Les assurances se désengageraient. Le moteur est en rade et nous avons perdu un mât, mais la situation de *Yupik* est maintenant relativement bonne. Un mécano de chez Volvo devrait être acheminé jusqu'ici en février ou mars, avant la débâcle, puis on ira se mettre à quai à Tiksi pour remâter. Une équipe me rejoindra là-bas.

Il était huit heures passées quand Louise et Margot sont entrées dans le carré, le visage décomposé. Avant même qu'elles ne prononcent la moindre syllabe, on avait compris. Margot a dit :

— Loïc est parti.

Zoé s'est assise à l'extrémité de la banquette et s'est mise à pleurer, la tête entre ses bras. Erwan s'est levé pour faire quelques pas. Il était très affecté. J'ai traduit notre conversation à Valery, mais il m'a interrompue d'un signe de la main. Les mots sont parfois bien inutiles. Si l'on ajoutait à sa disparition celle de Semyon, le jeune Iakoute, cela faisait beaucoup de morts. Erwan a lancé :

— Quelqu'un a vu Jens et Jeanne ?

— Jeanne dormait quand je me suis levée. Elle ne devrait pas tarder.

— Elle a changé de couchette ?

— Elle a passé la nuit dans ma cabine.

Zoé a ajouté :

— Jens et Valery se sont couchés tard hier soir. Je crois bien que Jens va avoir besoin d'un peu de temps pour récupérer…

— Depuis quand fait-il la conversation à Valery ?

— Depuis qu'il boit comme un soldat russe !

Zoé n'a nullement dit ça pour nous faire sourire. Ça aurait été le cas il y a quelques semaines, sans aucun doute, mais à cet instant, elle signifiait clairement sa désapprobation et la dérive de notre expédition qui n'était déjà plus qu'un naufrage. Erwan, lui, faisait face avec lucidité et abnégation.

— Dans quelques heures, on va devoir informer Arctic Ocean Protect, puis j'appellerai les parents de Loïc. Je ne sais pas comment je vais pouvoir leur annoncer ça… En attendant, il n'y a plus d'eau. Je propose que l'on se prépare pour la corvée. On avisera après.

Nous avons quitté le pont de *Yupik* vers neuf heures quinze. Le soleil se levait à peine. À cette période de l'année, il ne se montre plus que cinq heures par jour. La banquise était d'un bleu sombre et limpide à la fois. L'air coupant comme une lame d'acier. La lumière rasante réchauffait les esprits plus que les corps. C'était beau, immensément, irrationnellement. Aussi beau que la mort est abjecte. Erwan et moi étions occupés à remplir les sacs de neige pour l'eau douce et Valery à découper des blocs de glace dans les zones de compression quand Zoé nous a appelés. Elle était chargée de surveiller les environs et de nous prévenir au cas où des ours approcheraient. Elle nous a montré quelque chose du doigt.

— Il y a un truc rouge qui bouge derrière vous, sur votre gauche.

— Qu'est-ce que c'est?

— J'en sais rien, il fait encore un peu trop sombre. Je ne distingue pas bien avec les jumelles.

— Rouge, tu es sûre?

— Certaine.

— On va aller voir.

Erwan a posé sa pelle et Valery a attrapé son fusil. Sur la banquise, les distances sont trompeuses. Ce que l'on pense être à portée de main s'avère parfois distant de plusieurs centaines de mètres. Nous les avons regardés s'éloigner jusqu'à ce qu'ils ne soient pas plus hauts que trois pommes. Ils se sont arrêtés. Nous scrutions tous leurs mouvements.

— Tu vois quelque chose, Zoé ?

— Un peu mieux. Il y a deux ou trois trucs qui traînent. Ils ont dû être emportés par le vent cette nuit. Les garçons reviennent.

Je me demandais ce qui avait bien pu être emporté par le vent. Ça ne pouvait être qu'un oubli. Le vent et la température ne pardonnent aucune erreur.

La première chose que j'ai remarquée à leur retour, c'est le visage de Valery. Il était exsangue. Erwan était essoufflé. Il a posé ses mains sur ses genoux dans un signe d'abattement. Le givre avait pris possession du bas de son visage, de ses cils et sourcils et de la fourrure synthétique bordant la capuche de nos parkas.

— Appelez Margot et Louise. Dites-leur de venir tout de suite.

— Qu'est-ce qui se passe ?

— C'est Jens !

— Comment ça, c'est Jens ?…

— Le truc rouge, c'était sa parka. Il a été dévoré. Bon Dieu, c'est atroce…

— Dévoré ? Mais dévoré par quoi ? Par des ours ?

— Probablement ceux qui tournaient autour du bateau. La parka et son pantalon chaud, c'est à peu près tout ce qu'il reste de lui. Merde, ce n'est pas possible ! C'est un cauchemar, nous sommes en plein cauchemar… Je ne sais pas comment ça a pu arriver. Tout le monde connaît les consignes et Jens était un spécialiste de l'Arctique. Je ne sais même pas ce qu'on doit faire…

J'ai demandé à Valery :

— Vous êtes sûrs que c'est bien Jens ?

— Ils n'ont pas touché à sa tête. Elle est encore accrochée à son buste. En bas, il ne reste quasiment plus rien. C'est pas beau à voir...

Mes jambes ont tremblé. J'ai passé mes mains gantées sur mon visage. Erwan est remonté sur le bateau. Nous avons attendu Louise et Margot en espérant qu'elles sauraient prendre en main une situation qui nous dépassait tous. Quand elles sont arrivées, elles nous sont apparues au moins aussi abattues que nous tous. Puis j'ai vu les sacs à voiles vides que Louise tenait à la main. J'ai su qu'elles savaient exactement ce qu'il convenait de faire. Les scientifiques s'affranchissent d'un sujet en l'observant à travers le prisme froid de la science. Comprendre est essentiel et nécessite de la rigueur.

— Nous allons là-bas avec Valery. Inutile de venir avec nous.

Louise lui a demandé de prendre une pulka. Nous les avons attendus en poursuivant la corvée de neige. Zoé guettait toujours avec les jumelles. Il n'y avait rien d'autre à faire. Jeanne nous a rejoints. Elle s'inquiétait probablement de ne voir personne dans le carré. J'ai guetté sa réaction quand on lui a appris le drame de la nuit. Elle n'a pas semblé réaliser. Aucune émotion lisible sur son visage. Zoé s'est approchée d'elle, mais elle a esquivé son accolade.

Quand Louise, Margot et Valery sont rentrés, seul un des sacs à voiles était rebondi. Je n'osais imaginer ce qu'il contenait. J'admirais le calme des filles. Valery a creusé un trou contre la coque. Il a déposé le sac dedans avant de le reboucher. Nous sommes remontés à bord. Erwan était au téléphone. Je ne sais qui il avait réveillé. Il n'était que trois heures du matin en France.

Louise nous a fait un rapport circonstancié de la mort de Jens. D'après leurs premières observations, il n'était pas conscient quand les ours ont traîné son corps à travers la banquise. Sa tête portait des traces de saignements au niveau des oreilles et d'une hémorragie pétéchiale au niveau des yeux, signe d'un choc important à la tête. Zoé était incrédule.

— Tu veux dire qu'il est tombé du bateau et s'est fendu le crâne sur la glace ?

— À moins que quelqu'un lui ait flanqué un coup sur la tête, je ne vois pas d'autre explication. La question est : qu'est-ce qu'il pouvait bien fiche sur le pont en pleine nuit ?

— Valery et lui ont beaucoup bu hier soir.

— Au point d'être ivres ?

— Je suis partie avant qu'ils ne se couchent. Demande à Valery.

Je lui ai posé la question.

— J'ai bu quelques verres avec lui parce qu'il avait besoin de quelqu'un pour l'accompagner. Il tenait sur ses jambes quand on s'est quittés.

Louise a demandé :

— Jeanne, t'es au courant de rien ?

J'ai regardé Jeanne, comme nous tous. Elle semblait indifférente au drame qui s'était joué à quelques mètres de nous. J'ai répondu à sa place et répété qu'elle avait passé la nuit dans ma cabine parce qu'elle ne se sentait pas très bien.

L'après-midi a été affreusement désolante. Tout le monde errait dans le périmètre très contraint du bateau avec une seule idée en tête, que tout cela se termine au plus vite pour qu'on puisse rentrer chez soi.

Le lendemain matin, nous avons placé le corps de Loïc dans la pulka. Nous avons longé la falaise qui faisait face à *Yupik* jusqu'à une petite cavité. Nous l'avons glissé là, dans cette étroiture froide. Valery a posé à côté de lui une bouteille de vodka à moitié pleine, sans bouchon – c'est la tradition en Sibérie –, puis nous avons obstrué l'entrée avec des blocs afin de mettre la dépouille à l'abri des prédateurs. Le froid nous a chassés. Il n'y avait rien d'autre à faire.

*8 novembre 2017, sur le brise-glace, – 41°C*

Le brise-glace est resté à l'extérieur de la baie, ses eaux n'étaient pas suffisamment profondes pour un navire de ce tonnage. Le capitaine nous a avertis de son arrivée par radio. Quand il nous a demandé de le rejoindre, nous étions prêts. Sur la banquise, trois pulkas attendaient que l'on y pose nos sacs. Deux pour nos affaires et la troisième pour le sac à voiles qui contenait les restes de Jens. Le ciel était couvert, la visibilité correcte. Notre caravane s'est mise en route. Erwan a calculé qu'il nous faudrait deux heures de marche pour atteindre le brise-glace. Peu après notre départ, la météo a subitement changé. Un vent catabatique s'est déchaîné sur nous. Il descendait des montagnes de l'île et soufflait fort heureusement dans notre dos. La visibilité est devenue très mauvaise. Erwan marchait devant avec un fusil en bandoulière et Valery faisait le serre-file. L'association avait ordonné l'évacuation du bateau, à l'exception d'Erwan qui devait assurer sa maintenance jusqu'à la fonte des glaces.

La police de Tiksi nous a demandé de remettre la dépouille de Jens au capitaine. Il était évident qu'on nous interrogerait sur les circonstances de sa mort. L'annonce de son décès avait fait beaucoup de bruit. Le fait que des ours se soient invités dans cette tragédie ajoutait frissons et compassion. Jens était devenu une sorte de mythe, professeur aventurier qui avait donné sa vie pour la science. Un Indiana Jones des régions polaires. Je n'étais pas très loin de la vérité en disant cela. J'avais relaté sa mort dans un article comme j'avais retracé l'abominable agonie de Loïc. Je laissais à Jeanne le soin de dire, ou de taire, qui il était vraiment. Je crois bien que pour elle ça n'avait plus d'importance. Elle était libérée de ses chaînes, radicalement, et elle goûtait avec avidité chaque instant. Dès le lendemain de la disparition de Jens, Jeanne s'était mise à manger. Comme nous tous, je veux dire. Avec un appétit en phase avec la dépense de calories qu'impose le froid terrible. Sa démarche était plus souple. Tout ce qui l'entourait semblait être une révélation. Un soulagement puissant qu'elle s'obligeait à masquer. Elle évitait de soutenir nos regards pour que l'on ne voie pas le feu qui la réchauffait.

La marche dans le froid a été difficile. À moins quarante, on survit à peine, on attend avec résignation la fin du trajet. Je levais les yeux de temps à autre et je cherchais dans l'immensité glacée la coque rouge du brise-glace. Il semblait n'être qu'un mirage dansant dans les bourrasques. Notre visage était enserré dans une gangue de givre. Le vent grondait à nos oreilles. Mes pensées étaient gelées. Je marchais et je puisais dans l'effort un peu de chaleur. Je pensais la banquise plate comme une patinoire, mais je la découvrais boursouflée de concrétions nées de la lutte qui oppose plaques de glace et courants marins.

Les franchir est souvent assez délicat. Certaines font près d'un mètre de haut. Parfois, entre deux plaques de glace, c'est l'océan Arctique qui remonte. La banquise est un espace à la beauté mortelle.

Après deux heures d'efforts, nous sommes arrivés au pied de l'immense vaisseau. C'est étonnant un navire au milieu d'un océan gelé. On imagine difficilement qu'il trempe sa quille et ses hélices dans une mer pleine de vie. L'échelle de coupée était à poste et j'ai gravi avec amertume l'étroit escalier qui menait vingt mètres plus haut. Louise et Zoé partageaient, semble-t-il, le même sentiment que moi. La même tristesse d'abandonner Erwan et Margot sur la banquise. Elle avait décidé de rester avec lui et nous étions heureux qu'il ne soit pas seul. Nous nous reverrions à Grenoble, nous étions convenus de cela. Le capitaine nous a accueillis à son bord avec amabilité. Erwan lui a confié notre pesant fardeau, qui a immédiatement rejoint les congélateurs du bord. Valery était ravi de retrouver des compatriotes. Nous nous sommes installées, Jeanne, Louise, Zoé et moi, dans la cabine mise à notre disposition. La chaleur était presque suffocante. Margot nous a rejointes peu de temps après. La météo était trop mauvaise pour retourner sur *Yupik*, Erwan et elle allaient passer la nuit à bord. La soirée a été animée, comme souvent avec les Russes. J'imaginais qu'après ce bref intermède sur cette ville flottante, il leur serait difficile de nous quitter le lendemain.

Ce fut l'inverse. Les adieux ont été brefs. Je les sentais heureux. Mais les regarder s'éloigner sur la banquise a été malgré tout un déchirement. Depuis le pont, ils n'étaient que deux petites fourmis rouges perdues dans l'immensité sans limite de la banquise. Le brise-glace a attendu qu'ils soient de retour sur *Yupik* pour quitter les lieux. À midi, l'énorme masse d'acier s'est ébrouée et a déployé sa force herculéenne pour briser la banquise et se frayer un chenal dans le fracas des glaces disloquées.

Le trajet vers Tiksi a été long. Mes pensées se sont envolées vers toi, ma Zora. Encore et toujours. J'ai parfois peur que ton image me quitte. Est-ce que celles engrangées dans ma mémoire se disperseront un jour comme les icebergs détachés de leur glacier ? Est-ce qu'elles se faneront comme les chrysanthèmes aux premières gelées ? Je ne veux pas imaginer cela. J'aime me souvenir de ton sourire, de nos pique-niques dans les prés, près d'un ruisseau ou d'un lac pour espérer voir des libellules. Leurs vols gracieux et l'odeur des herbes fauchées. Sacha nous accompagnait parfois et nous étirions alors notre journée jusqu'à la tombée du jour.

J'ai ressenti le besoin de glaner un tas d'images avant de quitter la banquise. J'ai fait toute une série de photos sur le bateau. Romane les aurait aimées, je le sais. On y voit des couleurs particulières, des ombres et des éclats de lumières tamisées. Du blanc, du gris et le bleu des glaces brisées. Jeanne dit que ce sont les bulles d'air emprisonnées dedans qui leur donnent cette couleur. Jeanne… J'aimais sa nouvelle façon d'être. Elle m'a dit qu'elle s'était « transmutée » grâce à moi, parce que j'avais touché son noyau et que tout était parti de là. La force instinctive de faire face à Jens. Je n'ai pas immédiatement compris ce qu'elle voulait dire. J'ai tenté un rapprochement hasardeux avec la puissance démoniaque produite par le réacteur qui propulsait notre mastodonte des glaces. Noyau, atome, fusion. Pour moi, des gros mots, pour de gros désastres probables. Les scientifiques ne sont pas toujours faciles à suivre – mais d'après Jeanne, je ne le suis pas non plus, parce que mes mots volent comme des papillons : de manière désordonnée. Je lui ai dit que je l'avais suivie cette nuit-là. Je voulais qu'elle le sache, pour qu'il n'y ait pas d'ombre entre nous. Elle m'a regardée en fronçant les sourcils.

— Pourquoi tu as fait ça ?

— Parce que Jens m'a fait peur. Son haleine empestait l'alcool. Enfin, c'est surtout pour toi que j'avais peur.

— Tu veux savoir quoi ?

— Rien. Je voulais juste te le dire. Je me suis souvent imaginée jeter aux fauves celui qui a violé ma Zora.

— Tu crois que…

— Ça aurait du sens.

— Je l'aurais en quelque sorte poussé dans la cage ?

— Elle est trop immense pour être sûre de quoi que ce soit…

— Je me souviens lui avoir dit que je voulais monter sur le pont. Juste cinq minutes. Il a basculé par-dessus les filières. J'avais une manivelle de winch à la main. Mais les ours, non, je ne me rappelle pas avoir vu des ours ce soir-là !

— Ne parle de ça à personne, Jeanne. Jamais. Plus jamais. C'était un mauvais rêve. Tu n'es pas sortie de notre cabine, tu m'entends… Tu as passé la nuit avec moi. Dis-moi que tu as compris.

Elle ne m'a pas répondu. Elle m'a regardée avec ces yeux qu'ont les phoques quand ils sortent la tête d'un trou d'eau libre, un regard doux et humide mais pétillant de vie.

*15 novembre 2017, Tiksi, – 36 °C*

Tiksi était sous la neige quand le brise-glace est entré dans le port. Il neigeait encore. Des cristaux fins et épars. Nous avons débarqué en compagnie de Valery. C'est à peine si nous l'avions croisé pendant les huit jours du voyage. Les autorités nous attendaient sur le quai, battant la semelle. Cinq militaires en uniforme vert. « Vert russe », c'est son nom. Sinistre comme la ville. Comme les grues étirant leurs silhouettes squelettiques vers des nuages couleur de cendre froide. Valery s'est appliqué pour faire un salut rigide et réglementaire. Il y a mis beaucoup de zèle. J'en ai déduit que les personnages étaient importants et que de hauts gradés en costume d'apparat par ce froid, ça n'augurait rien de bon. Ce fut le cas. Les autorités nous ont conduits jusqu'à l'hôtel où j'avais passé mes premières nuits à Tiksi. Dès la fin de la journée, on nous a interrogés. J'ai traduit tous les interrogatoires. L'ambiance était oppressante. Je redoutais celui de Jeanne et j'avais raison. Elle était très tendue. J'ai dû modifier quelques-unes de ses réponses. Je craignais que l'expression de son visage ne soit pas en phase avec les propos qu'elle était censée tenir mais, au final, personne n'a rien remarqué et elle n'a pas été inquiétée. J'étais soulagée. Puis mon tour est arrivé. Ils ne m'ont pas épargnée. C'était un mauvais moment, plein de suspicions, de menaces, de questions à double sens. De quoi pousser à bout n'importe quel innocent. Le lendemain, un représentant de l'ambassade de France est venu à notre rencontre : Vladimir, un homme jeune, affable et souriant. Il nous a dit de ne pas nous inquiéter, que Paris suivait de près notre situation.

Les jours suivants ont été aussi usants que répétitifs. J'enviais Margot et Erwan. J'aurais aimé être avec eux sur la banquise. Loin des hommes et de leurs turpitudes.

*8 janvier 2019, sexte*

Dans le réfectoire, les moines s'installent en silence pour le repas communautaire dominical. Les bancs grincent sur le sol. Debout devant la table, chacun attend que tout le monde ait pris place. Cuculle sur la tête et mains jointes, l'attente est de courte durée. Le Prieur récite sa litanie qui rend grâce à Dieu pour les biens terrestres et le repas qu'il offre aux Chartreux : « Bénis-nous, Seigneur, bénis ces fruits de ta largesse et rends-nous dignes de les partager en frères, pour la louange de ton saint Nom », puis chacun retire sa cuculle avant de s'asseoir. Le Prieur monte ensuite sur le pupitre et commence la lecture d'un chapitre de la Règle de saint Bruno, portant sur l'*opus Dei,* l'« œuvre de Dieu ». Sa voix pèsera sur le réfectoire pendant tout le repas et bridera les coups de fourchette fougueux, ramenant le déjeuner à ce qu'il doit être, une simple nourriture terrestre nécessaire au bon fonctionnement du corps et de l'esprit.

Dom Joseph n'a guère faim. Il ne prélève que quelques cuillerées dans le plat de lentilles. Son voisin le regarde avec suspicion. Il a un visage rond, la tonsure rase et des lunettes à fine monture. Son embonpoint l'éloigne de la table et sa chasuble récolte ce qui n'arrive pas jusqu'à sa bouche aux lèvres adipeuses. Frère Paul de Jassus n'inspire guère de sympathie à Dom Joseph. C'est un convers. Ils sont nombreux au monastère. Ils ne sont pas soumis aux mêmes obligations que les moines. Les frères convers s'adonnent aux tâches ménagères, à l'entretien du potager et des bâtiments. On les appelait autrefois *fratres idiotæ* et Dom Joseph n'est pas loin de penser que cette qualification cernerait encore assez bien la personnalité de celui-là. En face de lui, Dom Jacques la Salle est un tout jeune novice entré au monastère près d'un an après lui. Il a déjà intégré tout ce qui régit la vie cartusienne et les rapports entre chacun. Son latin est parfait et ses lectures dignes des grands orateurs qu'étaient Démosthène et Cicéron. Son œil droit a tendance à glisser vers le gauche. Pour corriger son strabisme, il porte lui aussi des lunettes. Des lunettes ovales qui s'incrustent dans ses orbites creuses. C'est un fervent adepte du jeûne. Il évite le regard des autres, n'en soutient aucun. Près du Prieur se tient Dom Bruno. C'est un homme usé, avec un collier de barbe qui devait être blanc avant de virer vers des teintes sales et grasses. Sa chasuble est comme sa barbe. Il semble perdu dans ses pensées et sur le point de rejoindre les paradis maudits de Frère Anselme. Dom Joseph croise furtivement le regard du Père Maître. Il baisse alors la tête vers son assiette et tente de se montrer plus attentif à la lecture du Prieur. La sévère musicalité du latin l'emporte dans la toundra. Il est pressé de retrouver sa cellule.

*17 novembre 2017, nuit polaire, Tiksi, – 35°C*

Aujourd'hui, comme hier, nous avons été interrogés. Ensemble cette fois-ci, à l'exception de Jeanne. Je ne sais pas pourquoi elle n'a pas été convoquée. J'espérais que cela n'augurait rien de mauvais pour elle. Vladimir, le représentant de l'ambassade, nous accompagnait. Je ne doutais aucunement que cela résultait d'une stratégie éprouvée, mais je n'avais aucune idée de ce qu'ils attendaient de nous. La disparition de Jens ne me semblait cependant pas être au centre de leurs préoccupations. Louise était à bout de nerfs. Un des gradés nous a soufflé en anglais et en aparté :

— Si votre traductrice se décide à nous dire où le vieux Iakoute a caché son stock de défenses de mammouth, il se pourrait bien que cela aide notre commandant à y voir plus clair…

Personne ne m'avait encore reparlé de ça depuis notre retour. Je pensais que c'était oublié. Ça a été un déclic. Une sorte d'hystérie qui a précipité le cours des événements. Louise s'est ruée sur moi.

— Qu'est-ce que c'est que cette histoire de défenses de mammouth, Anna ? Réponds-moi ! Il t'a vraiment montré des défenses ?

Vladimir est intervenu :

— Je ne suis pas sûr de bien comprendre, c'est une blague ?

— Nous avons donné notre parole, y compris Jens, en échange de la lance du chasseur de mammouths. Il n'y a pas de quoi en faire tout un plat.

Louise s'est emportée :

— Alors on est vraiment coincés ici à cause de tes conneries ? Je n'arrive pas à y croire ! Si tu te mets à protéger les braconniers qui pillent les réserves, je comprends mieux pourquoi on a des ennuis. Au-delà de ça, c'est nous, les scientifiques, que tu discrédites ! Maintenant tu vas leur dire où sont ces putains de défenses, qu'on puisse se tirer d'ici !

— L'affaire est assez mal engagée, a dit Vladimir. Et, par pitié, ne mêlez pas Jens à tout ça.

— Et quand il viole des jeunes femmes, quand il les soumet à son pouvoir, à sa toute-puissance de directeur de laboratoire, il est encore respectable, Jens ? Vous ne savez pas qui il était.

Louise a pris sa défense, loin de l'idée que je m'étais faite d'elle.

— Je ne peux pas te laisser dire ça ! Si tu parles de Jeanne, elle est psychologiquement instable. Ça crève les yeux. Quant aux accusations fantaisistes d'étudiantes… certaines étaient prêtes à tout pour se mettre dans son lit.

— J'ai fait un article sur Jens. Il est sur le *cloud* du journal.

— Putain, j'y crois pas ! Anna dans la peau d'une néoféministe ! Toutes les femmes sont des victimes et tous les hommes sont violents, violeurs et je ne sais quoi d'autre encore, c'est ça ? C'est parce que tu as peur d'eux que tu préfères les femmes ? Parce que c'est bien dans ta cabine qu'elle s'est installée, Jeanne ! Tu n'as pas été longue à l'attirer dans ton lit !

— Tu es vulgaire et prête à dire n'importe quoi pour partir d'ici, Louise. Ils ne peuvent rien contre nous. Ce n'est qu'une question de jours. Tout le monde sait que nous sommes ici.

Les militaires nous observaient avec un air satisfait. Cette fois-ci, c'est Vladimir qui traduisait nos échanges. Il n'a rien omis. Aucun détail, en bon fonctionnaire appliqué qu'il était. Je n'ai pas eu d'autre choix que de situer la cache d'Evgueni et Semyon sur l'île de la Grande Liakhov. Je ne voulais pas que Jeanne, Louise et Zoé subissent le poids d'une décision qui ne leur appartenait pas. Les militaires n'ont fait aucun commentaire. Je ne savais pas encore comment allaient se matérialiser les ennuis, mais je savais qu'ils ne tarderaient pas.

Dix-neuf heures seize. Louise, Zoé, Jeanne et Vladimir doivent avoir embarqué dans l'avion pour Iakoutsk. Demain ils seront à Moscou et après-demain à Paris. Et moi, dans la chambre vide, je regarde la nuit par la fenêtre. Zoé et Louise n'ont pas caché leur joie en bouclant leurs sacs. Zoé m'a embrassée à la hâte en quittant l'hôtel. Louise était déjà dans le minibus quand Jeanne m'a dit :

— Tu veux que je reste avec toi ?

J'avais réfréné l'envie de lui dire oui, mais je savais que c'était inutile. Je savais aussi que les militaires ne lui laisseraient pas le choix.

Je ne sais pas de quoi vont être faits les jours à venir, mais je ne m'attends à rien de bon. Je les redoute. Le fait que le représentant de l'ambassade soit reparti avec elles signe mon abandon. Les autorités ne m'ont pas rendu mon passeport. Je crois bien qu'ils vont me faire payer toute cette attente. Me coller sur le dos la mort de Jens peut-être bien. Le médecin de l'hôpital a relevé le coup qu'il a reçu à la tête et les mots que nous avons eus quelques jours avant sa mort ne plaident pas en ma faveur. Demain, le soleil ne se lèvera pas. Ce sera le premier de la longue nuit polaire. Est-ce que je vais pouvoir concilier les ombres qui m'habitent avec celles qui m'envelopperont ? Zora, ma Belette, je venais chercher une nouvelle voie dans le grand désert blanc, faire l'apprentissage d'une vie sans ta main dans la mienne et je vois se profiler dans l'obscurité un immense désarroi. Sacha, mon frère, prie pour moi. Du fond de ta cellule, parle-moi, encourage-moi. Chante-moi l'usage du monde et chasse les ténèbres.

*25 novembre 2017, Tiksi, – 43°C*

Une semaine que je traînais dans les couloirs de l'hôtel. Les autorités ne se manifestaient plus. Je suis passée les voir ce matin, comme tous les matins, pour réclamer mon passeport et leur réponse n'a en rien dérogé à celle des jours précédents : je devais rester à leur disposition. Personne ne m'a dit pourquoi. En rentrant, le gardien de l'hôtel a souhaité être payé et m'a réclamé une somme exorbitante. Jusqu'au départ de l'équipe, l'ambassade (ou bien est-ce l'association AOP ?) avait pris en charge les frais, mais ce n'était de toute évidence plus le cas. Je devais impérativement trouver une chambre bon marché à louer. Je suis allée marcher dans les rues glaciales, éclairées par des lampadaires qui diffusaient une lumière pâle. Je ne sais si c'était dû au givre qui les recouvrait ou à l'opacité de la nuit. Le froid est un fauve. Il ne laisse aucun répit. Sortir, c'est livrer un combat.

Je suis entrée dans un bar d'où s'échappait une vapeur odorante. Elle se figeait dans la seconde et formait une concrétion de glace dévorant le panneau qui devait dire son nom. Le bar n'accueillait que des soldats. Les conversations ont cessé dès le pas de la porte franchi. J'ai tapé des pieds sur le paillasson avant de m'avancer dans la pièce enfumée. Les regards étaient braqués sur moi. J'ai pris mon temps dans l'espoir que le brouhaha reprenne, mais j'ai dû me résoudre à aller au comptoir dans un silence pesant. Je ne savais plus bien quelle contenance adopter. Je pensais déjà faire demi-tour quand j'ai entendu quelqu'un prononcer mon prénom. « Anna » a flotté un moment sur le silence avant que Valery ne sorte de la masse. Je lui ai fait un signe de la main. Il s'est approché et le flot des conversations a repris. J'étais heureuse de le voir.

— Qu'est-ce que tu fais là ?

— Les militaires ne veulent pas me rendre mon passeport…

— Je suis au courant. Dans ce bar je veux dire. Tu veux boire quelque chose ?

— Non, merci. Enfin, oui, je veux bien. Quelque chose de chaud, mais je ne suis pas entrée pour cela.

— Installe-toi à une table, j'arrive.

Je me suis assise et j'ai patienté. Les hommes me jetaient de brefs regards, échangeaient quelques mots que je n'arrivais pas à saisir et partaient parfois dans de grands éclats de rire dont je faisais probablement les frais. Valery est revenu une dizaine de minutes plus tard avec une soupe de poisson, du thé et de la vodka.

— C'est ce qui se fait de meilleur ici.

— Est-ce que tu sais pourquoi je ne peux pas récupérer mon passeport ?

— C'est difficile à dire… La mort de Jens est suspecte d'après les médecins, et puis il y a l'ivoire de mammouth !

— Qu'est-ce qu'ils veulent de plus, maintenant que je leur ai indiqué la cache d'Evgueni ?

— Ils sont allés sur place, mais ils n'ont rien trouvé. Soit Evgueni a déjà récupéré les défenses, soit tu as menti. Dans les deux cas, ce n'est pas bon pour toi.

— Je leur ai dit la vérité.

— La vérité, c'est un truc assez flou... Regarde autour de toi. Tout fout le camp, tout est branlant et à l'abandon et on continue à faire croire aux trois ou quatre mille civils vivant encore ici qu'ils y ont un avenir. Ils ne sont pas tous fous. Faut croire qu'ils aiment entendre ce genre de vérité. Tu ne m'as toujours pas dit ce qui t'amène ici...

— Je ne peux pas rester à l'hôtel plus longtemps. C'est beaucoup trop cher. Il faut que je trouve une chambre à louer. Je comptais poser la question au barman.

— C'est pas un truc courant par ici. Je peux demander à Victor si tu veux. C'est un ancien militaire. Il propose des excursions de pêche au saumon, ainsi que des chasses à l'ours. Il termine d'agrandir sa maison pour pouvoir loger ses clients.

— Et il en a en ce moment ?

— Ça m'étonnerait !

— Tu pourrais m'y emmener ?

— Termine ton assiette et on y va.

Je suis montée avec Valery dans son fourgon militaire et ça m'a flanqué la chair de poule. Nous avons repris la route qui m'avait conduite de l'aéroport au centre de Tiksi trois mois plus tôt. Il faisait plus de trente degrés ce jour-là et aujourd'hui il en fait soixante-dix de moins. Sous la neige, la route se devinait à peine. Seules les traces de véhicules la distinguaient du reste de la toundra. J'avais la gorge serrée.

— Il y a une prison ici ? Tu crois qu'ils pourraient finir par m'y enfermer ?

— Pour quoi faire ? Ta prison, c'est cette ville. Le seul moyen de la quitter, c'est l'avion et l'aéroport est militaire. Aucune chance de ce côté-là.

Nous avons traversé Tiksi, puis Valery s'est dirigé vers l'est. Tous les bâtiments que nous avons croisés étaient abandonnés. Il s'est arrêté devant un amoncellement de carcasses de bateaux pris par les glaces. Nous sommes allés jusqu'à une barge de chantier sur laquelle était installée une bicoque faite de tôles soudées et de bois. Je me suis vue entrer dans l'univers apocalyptique de Cormac McCarthy. C'est la première chose qui m'est venue à l'esprit. Ma route croisait *La Route* et j'étais terrifiée à l'idée de monter sur cet amas d'acier rongé par la rouille. J'ai suivi Valery dans les méandres de glace qui se faufilaient jusqu'à la barge. J'avais envie de lui dire que c'était inutile d'aller plus loin, que jamais je ne pourrais habiter un endroit pareil, mais mes mots sont restés figés dans le fond de ma gorge. Une congère donnait accès à la bicoque. Un chien s'est extirpé d'une gangue de neige et s'est ébroué. Il a aboyé en montrant les crocs, mais ne s'est pas approché. La désolation des lieux était, je crois, plus vive encore que le froid. La porte s'est ouverte et une toute jeune fille est apparue dans l'entrée. Elle portait une robe à fleurs avec un pantalon noir dessous. Ses cheveux avaient la couleur de ceux de Zora. Elle devait avoir l'âge que ma Belette aurait aujourd'hui. Je me suis mise à pleurer. La petite me regardait sans émotion. Valery a dit :

— Elle est un peu fatiguée, à moins que ce ne soit à cause du froid. Victor est là ?

Elle n'a pas répondu. Elle a fait demi-tour en laissant la porte ouverte. Nous sommes entrés à sa suite. L'intérieur était d'une simplicité primaire, mais il faisait chaud. Nous avons trouvé Victor attablé devant un fusil qu'il s'employait à faire reluire. Moi, je cherchais des yeux la fillette, mais elle avait disparu. J'ai séché mes larmes.

— T'es pas tout seul on dirait…

— Anna est française. J'étais avec elle sur un bateau qui a eu une avarie du côté des îles De Long.

— Putain de bite, c'est un morceau de premier choix.

— Elle est journaliste et elle parle russe.

— Bien le bonjour, m'dame. Je retire pas un mot de ce que j'ai dit. Vous êtes belle comme une oie des neiges.

— Je suppose que je dois le prendre comme un compliment.

— Comme ce que vous voulez. Qu'est-ce qui vous retient ici ?

— Anna doit patienter quelques jours, le temps de régler un problème de passeport. Tu pourrais la loger ?

— Ben, y a des hôtels pour ça !

— Elle ne veut pas aller à l'hôtel.

— Je vois pas pourquoi elle préférerait ma datcha flottante à l'hôtel, mais si c'est ce qu'elle veut, elle peut loger ici. J'ai une chambre. C'est dix mille roubles la semaine, mais je fais pas le ménage. La bouffe non plus.

— Comment s'appelle votre fille ?

— Elena n'est pas ma fille. C'est ma nièce. Sa putain de mère a quitté le coin il y a plus de deux ans de ça. Mon frangin qu'est con comme une bite lui a couru après jusqu'à Moscou. Aucun des deux n'est revenu la chercher.

— Je vois.

— Je vous montre la chambre ?

— Oui, merci.

La pièce était assez grande. Il y avait deux lits simples, une table recouverte d'une toile cirée dans les tons bleu nuit, orange et rouge et une chaise. La fenêtre était en partie obstruée par la neige accumulée contre les vitres.

— Vous avez pas de bagage ?

— Je vais retourner le chercher.

— Bien. La porte n'est jamais fermée. Vous aurez qu'à vous installer quand vous reviendrez. Attention au chien. N'essayez pas de le caresser, il n'aime pas trop les hommes. La chambre est payable d'avance. Voilà, c'est tout.

Victor a empoché les billets après les avoir recomptés puis Valery m'a raccompagnée jusqu'à l'hôtel.

— T'es sûre que ça va aller ? C'est pas aussi confortable que le bateau.

— Ça ira, merci, et le prix de la semaine est moitié moins élevé qu'une nuit à l'hôtel.

— N'oublie pas de signaler ta nouvelle adresse aux autorités. Je passerai te voir à l'occasion.

Valery devait impérativement rejoindre sa garnison. J'ai quitté l'hôtel avec mon sac sur le dos, sans bien savoir comment j'allais faire pour retourner chez Victor. J'ai marché le long de la route en sachant bien qu'il m'était impossible de faire le trajet à pied avec ce froid. J'ai fait signe à une voiture et elle s'est arrêtée à ma hauteur. La portière s'est ouverte. Une femme entre deux âges était au volant. Elle m'a demandé ce que je pensais de la ville et ce que j'y faisais. J'ai menti deux fois. Elle m'a déposée près de chez Victor. Avant de descendre, elle m'a dit :

— Le bonheur n'a jamais mis les pieds dans cette ville. Dans la vie, on doit continuellement se battre, faire face à un tas de problèmes, mais ici, c'est encore pire, on doit lutter constamment avec la nature.

*8 décembre 2017, Tiksi, – 45°C*

J'essaie d'apprivoiser Elena. C'est une enfant très solitaire. Elle communique peu. Elle va à l'école de temps à autre et je prends plaisir à l'accompagner. Il nous faut une vingtaine de minutes pour nous équiper avant de sortir. Nous allons à pied jusqu'à l'arrêt du bus scolaire, puis je fais le trajet avec elle. Ça me permet de rejoindre le centre de Tiksi. Je passe mon temps dans le petit musée de Paléontologie et de Culture de l'Arctique. Il renferme des trésors sur les expéditions polaires dans cette région et nombre d'ossements témoignant de la faune passée. Je lis à la bibliothèque quand je le peux. Ses horaires d'ouverture sont contraints par la bénévole qui gère l'accueil et ce n'est pas évident d'être en phase avec elle, mais elle est conciliante et me laisse utiliser le téléphone. Avant-hier, j'ai eu Margot et Erwan. J'étais vraiment heureuse de les entendre. Leur situation est délicate. Les glaces font pression sur le bateau au point de le déformer. Si la banquise ne se stabilise pas rapidement, ils risquent de perdre *Yupik*. J'ai appelé l'association, le bureau de France 3. Tous m'assurent faire le maximum pour me tirer d'affaire et je sais qu'ils disent vrai. J'ai parlé à Jeanne aussi. Elle se culpabilise beaucoup. Je lui dis que tout va bien et que je serai bientôt de retour. Je sais qu'elle ne me croit pas, mais ce sont des mots rassurants, doux à prononcer et à entendre, j'imagine.

Je passe un peu de temps à l'église aussi. Elle est simple et belle. C'est bien la seule construction qui le soit dans cette ville. C'est une bâtisse en bois rond, bien chauffée et éclairée. Je ne crois pas en Dieu ou en une quelconque présence divine, mais j'y suis tranquille pour lire et méditer. Dans l'épais silence de l'église et de la nuit arctique, je te cherche, Sacha. J'aimerais que tu me parles, que tu me guides. Mes pensées sont volages. Elles passent de l'ombre à la lumière en quelques secondes. La vie n'a plus de goût. Elle est froide et rude, sans saveur. Elle glisse sur moi et s'évanouit comme la neige près du poêle. Heureusement, il y a Elena. Je vois Zora en elle. Je sais ce que cela a d'absurde, mais j'ai cet amour en moi. J'achète de temps en temps du chocolat pour Elena. Des œufs et de la farine pour faire des gâteaux avec elle, mais elle ne reste jamais concentrée bien longtemps.

Hier, elle m'a emmenée explorer son domaine. J'ai pris mon appareil photo et je l'ai suivie dans la nuit polaire. Nous avions chacune notre lampe. Moi ma frontale, elle sa lampe de poche. Le chien nous a accompagnées. Elena m'a dit qu'avec lui on n'avait rien à craindre des ours. Je ne pensais pas qu'ils venaient aussi près de la ville. Elle a ajouté qu'ils se baladaient parfois dans les rues et que c'est pour cette raison que les gens ne fermaient pas leur porte, pour pouvoir trouver rapidement refuge en cas de mauvaise rencontre. Dans l'obscurité, la lumière du flash de mon appareil était un éclair festif. Nous sommes entrées dans le ventre froid d'un cargo. Nos paroles résonnaient comme dans un tambour. Elena s'est amusée avec l'écho, puis nous sommes montées à la timonerie. Elle y a des jumelles cachées derrière un fatras d'instruments. Elle a réchauffé longuement les lentilles oculaires avant de les plaquer contre ses yeux. Que voyait-elle, Elena, dans le prisme de ses jumelles ? Elle observait ses rêves malgré les vitres couvertes de glace. Je l'ai photographiée ainsi, capitaine à la barre de son navire immobile, scrutant longuement l'horizon, dans l'espoir d'en découvrir un nouveau, un meilleur, même très éloigné. Elena scrutait l'espoir.

Au retour nous sommes passées devant la cabane de pêche de Victor. C'est une baraque posée sur la banquise, avec une table, un lit, un poêle à bois et un trou dans la glace qu'il entretient tous les jours pour pouvoir y plonger ses lignes. Il les garde enroulées dans des seaux, des palangres avec d'agressifs hameçons. Elena est restée dehors. Je lui ai dit :

— Tu ne rentres pas ?

Elle a secoué la tête en pinçant les lèvres.

— Tu n'aimes pas cet endroit ?

Elle a haussé les épaules.

— Tu pêches toi aussi ?

— Des fois.

— C'est Victor qui t'a appris ?

— Il est gentil Victor…

Elle est partie et je l'ai suivie. Nous sommes retournées à la barge et je nous ai préparé du thé. Victor était là. Il semblait nous attendre et était de très mauvaise humeur. Un peu ivre aussi. Comme presque toujours. Il n'aime pas l'attention que je porte à Elena et il ne s'embarrasse d'aucune précaution pour me le faire savoir. Il n'en a pourtant aucune pour elle. Aucun geste tendre. Mais Elena le trouve gentil. Elle le dit sans chaleur. Je me souviens que toi aussi, ma Zora, tu trouvais ton oncle Sacha gentil. Cette pensée me perturbe un peu. Je ne saurais pas dire pourquoi. Un parallèle rapide, sans doute. Victor fait avec moi des tentatives d'approche maladroite et lourde. Des allusions graveleuses aussi, parfois, mais cela semble faire partie de son érotisme, nourrir sa libido. Je suis sur la défensive, mais je fais preuve de mansuétude. J'ai su dès le premier jour que la cohabitation serait difficile. La promiscuité, la nuit polaire et l'isolement sont l'ossature et le contexte idéal pour un roman noir. Je lui dirais bien que je n'ai pas d'attirance pour les hommes, mais je crains que cet aveu m'éloigne définitivement d'Elena. C'est le type d'homme à penser que je pourrais bien contaminer sa nièce.

Il est dix-huit heures environ quand cinq militaires entrent. Je vais dans ma chambre. Je le fais spontanément à chaque fois que Victor reçoit ses amis afin de ne pas trop empiéter sur sa vie, mais cette fois-ci, c'est lui qui me l'impose. Les gars s'attablent et ils entament une conversation banale. Il est question de météo, d'état de la glace sur la Léna. De chasse et de pêche aussi. Ils boivent de la vodka. Rient bruyamment parfois. J'entends le goulot de la bouteille heurter les verres. Je ne sais pas où est Elena. J'aurais aimé qu'elle soit avec moi. Je prends un livre et je m'allonge sur mon lit, mais je n'arrive pas à me concentrer sur le texte. Malgré moi, j'écoute le bourdonnement des conversations. L'atmosphère est bon enfant. Je me dis que je pourrais me mêler à eux. Qu'il n'y a pas de raison de rester cloîtrée parce que des types viennent rendre visite à Victor ! Après tout, il est censé accueillir ses clients et j'en suis une. Je me lève et je sors dans la pièce principale. Les regards se tournent vers moi. Je dis bonjour et je me dirige vers le coin cuisine pour me faire chauffer de l'eau. La porte de la chambre d'Elena s'ouvre alors que je n'ai pas fait trois pas. Un type s'affiche dans l'espace. Il boutonne machinalement son pantalon de treillis. Mon estomac se noue. Je me précipite dans la chambre. Je bouscule le type en passant. Il grommelle je ne sais quoi. Je vois Elena sur son lit. Elle essuie son entrejambe avec le drap. Elle me jette un regard noir. Je suis tétanisée. Elle me dit : « Va-t'en ! » et ça me transperce comme une flèche. Je suis dévastée. Une onde destructrice me frappe de plein fouet. Je vois Elena et dans les draps souillés, je vois ma Belette, ma Zora. Je les vois toutes les deux, avec leur incompréhension, leur détresse, leur solitude. Rien ni personne ne leur est venu en aide. Ni moi ni personne. Ni moi, ni moi, ni moi... Ce que le monde leur offre est sordide et nauséabond. Je suis trop anéantie pour pleurer. Dans la graduation du désespoir, les pleurs doivent être quatre ou cinq lignes au-dessus. Je me laisse glisser le long du mur. Elena me dit :

— Va-t'en, connasse !

J'entends les hommes rire. Je me relève, hagarde, et je gagne la table. Je verse de la vodka dans le verre qui est devant moi et je l'avale d'un trait. Ça me fait tousser. Dans la mouvance de mes yeux embués, je vois les hommes enfiler leur parka militaire. Victor part avec eux et c'est aussi bien comme ça. Je me ressers un verre. Je reste ainsi un long moment. Puis je regarde l'heure. Il est près de vingt et une heures. Je retourne dans la chambre d'Elena. J'ai envie de la serrer dans mes bras, pas elle. Je lui demande si ce genre de chose arrive souvent. Elle me fixe et dans ses yeux je vois qu'elle se demande si je suis aussi conne que ma question. Décontenancée, je finis par lui proposer de préparer à manger. Je suis surprise de l'entendre me répondre qu'elle veut des pâtes. Elle ouvre la porte et fait entrer le chien en même temps qu'une vague d'air glacial. Elle mange en silence et sans véritable appétit. Des pâtes à la sauce tomate. C'est le plat qu'elle préfère. Je me demande comment va être sa vie à présent. Comment je vais bien pouvoir l'éloigner de ce parent prédateur. Ma situation ne m'offre que peu de marge de manœuvre, mais son destin est désormais lié au mien.

Assise près du poêle, Elena chantonne. Ses mains remontent à contre-courant la fourrure dense du chien. Elle regarde les poils s'écouler entre ses doigts. Il ne bouge pas. Il lui lance de temps à autre un regard tendre. C'est un refuge. Son refuge. Un gros husky qui craint moins la férocité des ours, le froid abominable de la longue nuit polaire que la brutalité des hommes. Il sait ça, le chien, qu'il faut les craindre. Son corps se crispe dès qu'il croise un bipède, moi comprise. Mais pas Elena. Ces deux-là ont des choses à se dire, des douleurs à partager. Puis elle se lève et file dans sa chambre. Elle ressort avec un costume de princesse. Une robe de tulle rose qu'elle a passée sur un pantalon. Rien d'autre. Elle ouvre la porte et le chien la suit. Je lui crie : « Tu ne peux pas sortir comme ça, Elena », mais c'est trop tard. J'entends ses pas crisser dans la neige. Le temps d'enfiler mes bottes et d'endosser ma parka, elle a disparu.

Une lumière verte danse sur la neige et anime la nuit polaire. Je tente de suivre ses traces. Elles filent vers un bateau figé par les glaces au milieu de la baie. Dans la lueur mouvante de l'aurore boréale, je l'aperçois monter l'échelle de coupée. Je presse le pas. J'ai le souffle court et la vapeur qu'il génère gèle instantanément sur mes sourcils et mes cils. Mes paupières plient sous le poids du givre. Des aiguilles se plantent dans ma gorge et mes lèvres. Je m'arrête pour reprendre haleine. J'ai le goût du sang dans la bouche. Et puis je la vois s'avancer vers la proue meringuée de glace du navire. Elle se dresse dessus. Elle est la reine des Neiges au balcon de son palais. Je lui fais des signes, mais elle ne me répond pas. Elle a des rêves, Elena. Des rêves d'enfant qu'elle frotte, comme Aladin sa lampe, avec au cœur l'espoir qu'ils puissent l'emporter. Des rêves aux lampions colorés, mais à l'incandescence trop faible pour contrer la noirceur de l'âme humaine. Elle veut partir avec, je le sens. Je le sais. Se laisser prendre par le froid. Se figer comme un poisson sorti de l'eau et jeté sur la banquise. Les lumières vertes se teintent de rose et la neige prend la couleur de sa robe de princesse, comme une longue traîne. Je crie :

— Les lumières célestes sont avec toi, Elena !

J'arrive près du bateau à bout de souffle. Son effrayante étrave noire s'élève démesurément vers les ténèbres. Je monte l'échelle. Je me trompe de pont. Enfin je parviens à la proue du navire, mais Elena n'est plus là. Je la cherche, change de bord. Après un temps qui me paraît interminable, je la trouve recroquevillée dans une coursive, le chien dans ses bras. Il gronde en me voyant. Je m'approche et lui parle doucement. Je tends la main et caresse les cheveux d'Elena. Il me laisse faire. Je la relève. Elle est inerte, ses bras sont bleus, ses lèvres exsangues. Je quitte ma parka. Une lame vient immédiatement se planter dans mes chairs, fouailler mes entrailles. À moins cinquante degrés, le froid est une torture. Je l'enveloppe dans ma parka et je file. Je descends l'échelle de coupée le plus vite que je peux. Dans la neige, je cours maladroitement. Le froid me brûle de nouveau la gorge. Elena est plus lourde que je ne le pensais. Je m'arrête et la mets sur mon dos. Avec les manches de ma parka, je fais un nœud sur ma poitrine pour la maintenir serrée contre moi. Le chien m'attend deux pas devant en montrant son impatience. Il m'encourage en faisant d'incessants allers-retours dans la trace. Enfin je gagne la rive, à bout de souffle. La tête me tourne. Les lumières de l'aurore boréale se sont éteintes. La nuit polaire est redevenue opaque. Je m'arrête de nouveau, pose Elena et prends son visage dans mes mains. Je sors la lampe frontale qui ne quitte pas ma poche. Elle a les yeux éteints. Tout est noir au fond. Le chien se met à hurler. Il dit notre douleur. Je suis à bout de force. Je m'allonge un instant. Je joins mes cris à ceux du chien. Mes larmes se figent au coin de l'œil et roulent comme des billes sur mes joues. J'aimerais accompagner Elena là où elle va pour être sûre qu'elle pourra reprendre ses jeux d'enfant et faire entendre son rire à Zora. L'image de mon frère relevant la capuche de son scapulaire de drap blanc avant de disparaître derrière la lourde porte du monastère me vient à l'esprit. Sacha, du fond de ta cellule, je te demande de faire ça. De faire une place à Elena dans tes prières. Je ne sais pas si ça a un sens de s'occuper des morts alors même qu'il faudrait se soucier des vivants, traquer le mal et le couper à la racine. Je me relève, reprends Elena dans mes bras et me remets en marche. Je ne pourrai pas détourner le monde de ses abominations mais, comme pour le réchauffement de la planète, je me dis que chaque geste compte. Je me dois d'apporter ma pierre.

J'ai allongé Elena dans son lit et j'ai tiré sur elle les couvertures. J'ai collé mon oreille sur sa poitrine en espérant entendre le flux et le reflux qui disent la vie. Mais je ne percevais, dans le silence de cathédrale de son thorax, que mes propres battements de cœur. J'ai caressé ses cheveux, comme je l'ai fait avec Zora. En perdant Elena, je perdais ma Belette une deuxième fois.

J'ai attendu que Victor revienne, en souhaitant qu'il soit ivre. Il l'était. J'ai apporté ma pierre pour qu'il soit ivre et mort. Un pacte informel passé avec la vodka. Elle lui avait apporté l'ivresse, moi le reste.

*8 janvier 2019, récréation*

Sous un arbre, un merle soulevait bruyamment des feuilles raidies par le gel dans l'espoir d'y trouver quelques vers. Constamment sur la défensive, il agissait par coups de bec nerveux afin de ne pas relâcher trop longtemps sa vigilance. L'hiver, tous les animaux de la forêt cherchent pitance et les prédateurs ne sont jamais bien loin. Son comportement était l'exact opposé de celui des Chartreux, pour qui l'absence de précipitation ouvre la voie de la méditation et de la contemplation. Mais quels prédateurs pourraient-ils craindre dans cette forteresse de silence, à part eux-mêmes ? Dom Joseph fait deux fois le tour du grand cloître. C'est un corridor ouvert à tous les vents, long de huit cent vingt-trois pas, qui passe devant la chapelle des morts et le petit cimetière. Il poursuit ensuite son errance vers le bâtiment des frères convers, traverse leurs ateliers et remonte vers le mur d'enceinte nord. Tout cela n'est pas très réglementaire, mais il a besoin de marcher pour ne pas se perdre. Ses pas le mènent vers les murs d'une chapelle aujourd'hui disparue. Là se trouve une niche de deux ou trois mètres carrés. Sur une pierre de façade, on peut encore lire : *Tu ora* (« Toi, prie »). Dom Joseph a trouvé à la bibliothèque, il y a plusieurs mois de cela, un ouvrage du XVe siècle, signé Denis le Chartreux, témoignant de la vie de reclus dans l'annexe d'une chapelle extérieure. Un plan désignait le lieu. C'est la première fois qu'il ose s'y aventurer. L'idée l'effrayait. L'endroit est à la hauteur de la répugnance qu'il lui inspirait. Quelles infamies poussaient ces reclus à se faire emmurer vivants ? Quelles souffrances devaient-ils endurer pour espérer le repos éternel ? Le froid, la faim, la vermine qui rongeait leur corps, la puanteur et la folie aussi. Leur supplice durait généralement quelques semaines. L'un d'eux a survécu à deux hivers. Denis le Chartreux relate que les soirs de pleine lune on l'entendait hurler avec les loups qui rôdaient dans la vallée. Dom Joseph entre dans le reclusoir. Il lui semble que le froid est encore plus vif à l'intérieur. Le sol est tapissé de rumex. Il sait que cette plante pousse sur les sols riches, près des reposoirs à bestiaux. Le rumex est le témoin de ce passé : sous ses pieds, des années d'excréments et de reliefs de repas.

Dom Joseph tremble de froid et de peur. Il voit des hommes s'activer. Ériger le mur qui le coupera des vivants. Ses jambes tremblent. Il s'adosse à la pierre. Le silence est terrifiant. Un silence plein de soupirs. Des mains invisibles le retiennent. Il pousse un hurlement, sort en courant et trébuche sur une pierre. Il se relève en chancelant, essuie sa main ensanglantée contre sa robe de bure blanche et se presse vers sa cellule. En voyant sa tunique maculée, Dom Joseph se dit qu'il doit se reprendre, prier, prier encore. Le carnet d'Anna lui brûle la raison.

*10 décembre 2017, Tiksi, – 44 °C*

Dans les Alpes, le soleil doit étirer quelques rayons au-dessus de l'horizon et éclairer d'une tendre lumière les sommets avant de chasser l'ombre des vallées. C'est à chaque fois magique et terriblement énergisant de voir l'aube teinter le ciel. Il est peut-être un peu trop tôt. Ou bien trop tard. Je ne sais pas depuis combien de temps je suis prostrée près d'Elena. J'aimerais avoir la force de me lever pour aller chercher ma montre, mais en l'absence de lumière, est-ce que l'heure a encore un sens ? Cette ville aux immeubles délabrés et branlants a-t-elle une raison d'être ? La vie ici, est-ce encore la vie ou seulement un purgatoire dans lequel je dois expier mes absences, mes négligences, mon arrogance passées ? Toutes les larmes que j'ai fait couler et celles que je n'ai pas su tarir. Tout le mal que j'ai prodigué et ses conséquences. Ses répercussions et leurs ricochets. Je deviens folle. Je suis déjà folle.

Il fait froid. D'ordinaire je serais allée chercher un seau de charbon pour alimenter le poêle. Victor allait s'approvisionner dans les anciennes mines situées au-dessus de la ville. Je l'y avais accompagné le lendemain de mon arrivée. Il m'était apparu rude et austère, à l'image de ce territoire, mais pas antipathique… J'ai l'idée d'appeler Valery. C'est mon seul contact dans cette ville. J'ai son numéro, mais je n'ai pas accès au réseau couvrant cette zone avec mon portable. Victor doit avoir le sien sur lui, mais je répugne à devoir fouiller ses poches. Je dois me faire violence. Je sors par la porte qui donne sur le stock de charbon parce que l'autre est bloquée… La tempête a soufflé toute la nuit et tout est couvert d'un linceul de neige durci par le vent. Je fais le tour de la maison. Devant la porte d'entrée, je trouve Victor là où je l'ai laissé. Son bras droit sort de la gangue de neige. Il a perdu son gant et sa main exsangue est soudée sur la poignée par le froid. Je dégage la neige avec mes pieds et je palpe les poches extérieures de sa parka, sans résultat. Il me faut tirer la fermeture éclair pour accéder aux poches intérieures. Je glisse ma main dessous et j'ai un moment de répulsion. Je dois penser à Elena. À elle et à Zora. J'ai porté le glaive contre son bourreau comme j'aurais aimé frapper celui de ma Belette.

Je trouve son portable dont je connais le code de déblocage. Du doigt je trace un M comme *medved,* ce qui signifie « ours ». Un P comme « porc » aurait été plus inspiré… Le téléphone a souffert du froid. Il est inutilisable. Il me reste le véhicule de Victor, un engin 4x4, une sorte de combi Volkswagen des zones arctiques, mais je n'ai pas mis la main sur ses clefs en lui faisant les poches. Je vais jusqu'au fourgon. Les clefs sont sur le contact et le moteur tourne encore. Je me rappelle qu'en dessous de moins quarante, les voitures tournent jour et nuit, sinon tout gèle, tout éclate sous la puissante poussée de la glace. Je retourne sur la barge chercher mon sac. Je dis adieu à Elena et ça me déchire les entrailles de la laisser comme ça, seule dans son lit. J'ouvre la fenêtre de la chambre et le chien entre d'un saut. Il se couche près d'elle et hurle à la mort. Je pars en courant.

Un brouillard givré enveloppe la baie. La visibilité est très mauvaise. Les phares n'éclairent presque rien. Ce secteur est très mal déneigé, je me demande même s'il l'est. Je n'ai jamais vu passer de chasse-neige, alors que dans les rues principales du centre et du quartier militaire, ils circulent régulièrement. Je suis les traces de roues que le vent s'acharne à effacer. J'avance très lentement. J'ai le front collé contre le pare-brise pour être certaine de ne pas les perdre. Le fourgon fait des embardées dans la neige épaisse et je me demande si je suis bien sur la route. J'ai conscience qu'à ma droite il y a le pôle Nord à quelques centaines de kilomètres et à ma gauche mille cinq cents kilomètres de toundra glacée jusqu'à la première ville, Iakoutsk. L'horloge du tableau de bord indique neuf heures quarante-sept et le compteur à peine plus de dix kilomètres-heure. Je suis occupée à gratter le givre qui se forme sur la face interne du pare-brise quand un camion me double dans un nuage de neige et le hurlement hargneux de son klaxon. Je sursaute et je freine. Pourtant, j'ai la sensation d'être aspirée derrière lui. Je tente ensuite de suivre le feu follet rouge qui danse dans le panache blanc, mais il est rapidement happé par la pénombre et le brouillard. Quand enfin je croise un lampadaire, je respire. Dans sa lumière jaune, des cristaux de glace tournoient comme des lucioles. Il n'éclaire pas grand-chose, mais c'est un phare dans la nuit. La ligne électrique m'indique la voie à suivre. Les façades des immeubles sont couvertes de givre. Quelques halos animent timidement des coins de fenêtres. Avant d'entrer dans le centre, je contourne une énorme concrétion de glace qui obstrue presque entièrement la route. Une canalisation laisse échapper un geyser d'eau chaude et de vapeur qui se fige en quelques instants. Les rues sont vides. Quand je croise trois babouchkas qui papotent en déneigeant le hall de leur immeuble, j'ai envie de m'arrêter et de me joindre à elles. Ne pas aller plus loin. Stopper cette course folle vers le néant.

Je stationne juste devant un bar. Il y a là trois hommes et une femme avec un accent particulier. Je demande à la serveuse si je peux téléphoner. Elle me tend son portable sans tergiverser. Valery ne répond pas. Je le lui rends et commande un café. Je me demande ce que je vais bien pouvoir faire désormais. J'ai agi sans réflexion. L'impulsion a dicté mes choix et je me retrouve dans une situation plutôt délicate. « Désespérée » est le mot que j'ai en tête. Quand les corps d'Elena et Victor vont être découverts, les types du FSB vont me prendre pour une serial killeuse. J'ai peur de ce qui va m'arriver.

Il y a plus d'une demi-heure que je traîne dans le café quand un téléphone sonne. La serveuse me fait un signe. C'est Valery.

— Salut, Anna.

— Merci de rappeler.

— Je pensais que c'était Natalia, la petite serveuse, qui me proposait un rencart. Mais si c'est avec toi, ça me va aussi.

— Est-ce que tu as un moment pour passer me voir ?

— Qu'est-ce qui ne va pas ? Il y a un problème avec Victor ?

— C'est presque ça. Dis-moi si tu peux venir.

— Je vais voir ce que je peux faire. Dans une heure, ça te va ?

— Je ne bouge pas d'ici.

L'attente a été longue. Il y avait un peu de passage. Je regardais des bonshommes de neige entrer dans le bar, s'ébrouer dans le sas d'entrée avant de venir s'accouder au comptoir ou s'asseoir à une table, soixante-dix degrés plus loin, soixante-dix degrés plus chaud. C'est étonnant de voir comme la vie s'adapte aux extrêmes. Une vie improbable et résiliente. Je me souviens avoir lu avec passion *Les Derniers Rois de Thulé* de Jean Malaurie et m'être fait cette même réflexion ; je ne suis pas de cette trempe de femmes et d'hommes. Je ne sais pas de quoi sera faite la prochaine heure, pas même ce que j'attends de Valery. La nuit dernière a été l'une des plus difficiles de mon existence. Quand j'ai assommé Victor, je pensais que son périple malfaisant sur cette terre venait de s'achever. Je l'ai guetté dans le silence, l'abattement et un grand désordre intérieur. Le chien a aboyé une fois, faiblement, à regret, puis j'ai entendu des cris que l'air cristallin portait dans la nuit. Il proférait tout un tas d'insultes qu'il adressait autant à moi qu'au froid polaire et aux putains sans chaleur. Il est apparu dans le halo de sa lampe, titubant, traînant les pieds dans la neige. Je suis sortie. Il m'a dit :

— Qu'est-ce que tu fous encore là ?

— Je vous attendais.

— T'es qu'une putain de bourgeoise qui cherche la merde. La p'tite, elle, elle fait pas d'histoires, c'est une brave gosse.

— Elena est morte et vous êtes responsable de ça !

Il m'a regardée avec ses pupilles dilatées par la lumière et l'alcool. Un regard mauvais. Il m'a écartée avec le bras et je l'ai frappé. Avec la pelle qui sert à déneiger l'entrée. Derrière la tête. Avec dégoût et colère aussi. Il s'est écroulé. Une petite tache de sang s'est échappée de sa capuche et a coloré la neige. Je suis retournée près d'Elena. Rien n'avait changé. La même douleur pesait sur moi. Je n'étais soulagée de rien. Plus tard dans la nuit, j'ai entendu des appels. J'ai compris que Victor n'était pas mort. Il a donné des coups contre la porte et j'ai eu peur qu'il ne l'ouvre, alors je l'ai coincée avec le dos d'une chaise. Il a appelé, encore et encore. Des plaintes, des gémissements qui m'ont bouleversée. J'ai pleuré son agonie. Il m'avait été facile de l'assommer, mais entendre sa détresse a été épouvantable. Est-ce qu'en éliminant Victor je ne venais pas de me propulser dans le même cercle que le sien, celui des assassins et des violeurs d'enfants ? J'ai pensé à Jeanne et j'ai tenté de mesurer ce qui différenciait mon acte du sien. Quelque chose de libératoire qui me faisait défaut, probablement. Quelque chose proche de la légitime défense.

L'arrivée de Valery met un terme à mes réflexions. Il me fait un signe et ignore le salut de la serveuse.

— Tirons-nous d'ici !

— Qu'est-ce qui se passe ?

— Viens je te dis.

Une fois dehors, il me lance :

— Qu'est-ce que c'est que ce bordel ? Je te trouve un logement et toi, en remerciement, tu dézingues tout le monde !

— Comment tu sais ça ?

— On vient de trouver Victor. Le FSB te cherche. Ils ne vont pas être longs à te mettre la main dessus.

— Ce n'est pas ce que tu crois, Valery !

— En attendant, tu t'es fourrée dans un beau merdier.

— Victor vendait Elena à des militaires.

— Je n'ai jamais entendu dire ça ! Mais bon, ce n'est pas impossible. Rien n'est impossible ici. C'était pas une raison pour le descendre. Qu'est-ce que tu crois ? Il y a deux mois, un détachement est rentré de Syrie avec une dizaine de filles. Elles sont restées enfermées pendant deux mois dans le bâtiment 14 avant d'avoir l'autorisation de sortir. Il y a aussi pas mal de mères de famille qui font des passes pour joindre les deux bouts. Leurs filles aussi. Certaines ont à peine treize ans. Elles boivent déjà de la vodka. Elles consomment autant qu'un char. Tu vois autre chose à faire ici ?

— Emmène-moi…

— T'emmener où ? Regarde autour de toi. Cet endroit est une île, un bagne.

— Quelque part où ils ne me chercheront pas. Tu dois savoir ça, toi.

— Ça te servira à quoi ? Tu crois pouvoir passer l'hiver toute seule dans une cabane ?

— Il me faut juste un peu de temps.

— Putain, tu sais ce que je risque ?

— Tu as raison. Excuse-moi…

— T'es venue comment ?

— Avec le fourgon de Victor.

— Bon, grimpe dedans et suis-moi.

J'ai suivi l'engin militaire de Valery. Un véhicule à six roues. Nous sommes sortis de la ville. Quand les dernières bâtisses sont derrière nous, Valery s'arrête. Par la fenêtre il me fait signe de le rejoindre. Je descends du fourgon et m'installe à côté de lui. Il entre des données sur son GPS.

— La gamine, c'est toi aussi ?

— Elena est sortie après avoir été violée par cinq types. Ce n'était sûrement pas la première fois… Je l'ai trouvée inanimée sur le pont d'un bateau. Je l'ai ramenée chez elle, mais c'était trop tard… Elle a laissé le froid l'emporter.

— C'est moche.

— Ma fille, ma Zora, il lui est arrivé la même chose quand elle était enfant. Elle n'a jamais été qu'une enfant. J'ai toujours voulu savoir qui était responsable de ça. Je cherche encore. Pour Victor, c'était comme une évidence, je n'ai pas réfléchi…

— Tu avais juste à te tenir tranquille quelques jours encore et ils t'auraient rendu ton passeport. Ils voulaient te donner une leçon, à cause de l'ivoire de mammouth. Pour montrer que nous sommes les maîtres en Arctique, aussi. Il paraît que les chaînes françaises diffusent chaque soir un message disant que tu es arbitrairement assignée à résidence ici.

— Tu m'emmènes où ?

— À l'ancienne station Polyarka. Elle est abandonnée depuis plusieurs années. Personne ne va jamais là-bas parce qu'il n'y a rien à y faire, encore moins pendant la nuit polaire, et c'est hors de la ville.

— Le fourgon reste là ?

— Je m'en occuperai plus tard. Victor en a plus vraiment besoin et il doit valoir un bon paquet de roubles.

Nous roulons dans un nuage sombre et opaque. Les phares jaunes créent une barrière de lumière qui repousse l'obscurité de quelques mètres au fur et à mesure de notre progression. Je suis effrayée par la perspective de ce qui m'attend, mais je n'ose rien dire. Seul le ronronnement du moteur habille le silence de l'habitacle pendant le trajet.

Après une heure à travers le désert blanc, des baraquements s'esquissent devant nous. Valery se dirige vers la bâtisse qui me semble être la moins délabrée. Elle est affublée d'un pylône en treillis métallique couvert de glace. Il s'arrête et nous descendons. Le vent s'est éclipsé, le froid nous attend. Valery déblaie la neige qui s'est accumulée contre la porte et l'ouvre d'un coup d'épaule. Il allume la lampe à pétrole qui est posée sur la table. L'intérieur ne diffère guère des cabanes que j'ai visitées sur l'île aux mammouths ou sur l'île Jokhov. Un poêle, une table, un banc, un bat-flanc et des étagères sur lesquelles était autrefois entreposé tout ce que l'on comptait mettre à l'abri des lemmings.

— Cette datcha est la plus confortable. Tu trouveras du bois sans difficulté. Commence par faire un feu. Tu as ce qu'il faut ?

— Oui, je crois.

— La Léna est à une quinzaine de kilomètres à l'ouest – ce n'est pas plus long ni plus difficile que le trajet que nous avons fait pour rejoindre la base de l'île Jokhov. Une fois au fleuve, tu pourras monter à bord d'une voiture ou d'un camion descendant vers Iakoutsk. N'y traîne pas. Pour le reste, tu aviseras. L'important c'est de bien te repérer pour arriver à la Léna. Sur le chemin, il y a un autre baraquement avec une ancienne antenne dessus. Tu dois absolument passer devant. Choisis bien ton jour : sans vent et sans brume. Même dans la nuit sa masse est repérable. Tu n'auras qu'une chance.

Valery me donne la direction à entrer dans mon GPS. Je sors ma montre Suunto. Il l'examine avec un air dubitatif en me disant de surtout bien la laisser au chaud dans ma parka. Valery est affecté pour plusieurs semaines sur l'île de Kotelny, dans l'archipel de Nouvelle-Sibérie. Il y a là-bas une importante base militaire. Il va chercher dans son engin un kit de survie.

— Il y a pas mal de choses là-dedans. Tu verras. En étant économe, tu dois pouvoir tenir quelques jours. Il va te falloir attendre une météo acceptable… Je ne sais pas si je te rends service en te laissant là.

Je ne sais pas moi-même si j'ai envie de vivre ce qui m'attend.

— Et toi, tu vas faire comment sans ton kit ?

— T'en fais pas pour ça. Ce kit-là était promis à un chasseur du coin. J'en vends de temps en temps.

Valery me fait un clin d'œil. Il remonte dans son étrange engin et repart dans ses traces sans attendre.

Dans la cabane, j'allume le poêle, puis je reste un moment à côté pour grappiller un peu de chaleur. La peur me tétanise autant que le froid. Un mal de tête ronge mes tempes, des vertiges me donnent la nausée, j'ai des sueurs, de la fièvre et une furieuse envie d'uriner. Si les choses se présentent mal, je ferai comme Elena, je laisserai le froid m'engourdir et j'irai rejoindre le pays des songes avec l'envie folle d'y retrouver Zora et Romane. Cette perspective m'apparaît comme une solution salvatrice. J'y puise un certain réconfort.

*8 janvier 2019, none*

La lumière grise baigne les reliefs d'un paysage atone. Dom Joseph est assis face à la fenêtre. Il y passe la plus grande partie de son temps. Il regarde un rouge-gorge grappiller quelques mystérieuses graines et les incessantes querelles des corneilles. À l'automne, juste avant le départ des derniers passereaux pour le sud de la France et l'Espagne, l'Afrique pour les plus frileux d'entre eux comme les verdiers, les chardonnerets élégants ou les hirondelles, il a observé pendant plusieurs jours une cigogne noire. Une cigogne solitaire comme un moine chartreux. Elle faisait claquer son long bec pour appeler un congénère qui ne venait pas. Elle a patienté, puis un jour elle est partie et l'esprit de Dom Joseph l'a accompagnée aussi loin que sa mémoire le lui permettait. Ils ont survolé la Durance et ses rives engravées, la montagne de Lure et les collines chères à Giono, chargées d'olives noires et de raisins. Ils se sont posés sur un toit de tuiles canal et au loin ils pouvaient deviner les miroitements de la mer sur l'horizon. Là, si loin d'Anna et si impuissant à lui venir en aide, il pleure.

Quelque part, des femmes enfantent pour que le fruit de leurs entrailles vienne, un jour sans horizon, abreuver d'incantations et de prières l'espace d'un cloître sourd comme la pierre. Quelles sont les vertus de la transcendance et de l'oubli de soi ? Que gagne-t-on à voisiner avec Dieu et le diable ? Quelles luminescences issues de ces ermitages touchent le monde et quels espoirs portent-elles ? L'incandescence est dans la souffrance et les drames, il suffit d'ouvrir les yeux et les oreilles. Vouloir se soustraire au monde, c'est fuir. Les aphorismes les plus affûtés peinent à gommer cette vérité. Dom Joseph regarde avec indifférence ses livres de théologie. Il a envie de chants et de musiques enfiévrés. Il a peur pour Anna. Il a froid pour elle. Il s'en veut tellement. Dans la lumière vacillante du cierge qu'il allume pour incarner ses prières à Dieu et Dieu lui-même, il voit se dessiner les dernières heures de sa sœur. Il l'aime tellement. Il a tellement aimé Zora. Si tout vient à s'éteindre, il n'aura plus rien à faire dans ce monastère, c'est ce qu'il se dit. Ça n'aurait plus aucun sens.

Dom Joseph écrase la flamme du cierge entre ses doigts comme on écrase un cafard. Avec force et dégoût.

*11 décembre 2017,*
*base abandonnée de Polyarka, – 43°C*

En ouvrant les yeux, je suis saisie par le froid. Je me redresse et, sans sortir de mon sac de couchage, je jette du bois dans le poêle. La fièvre ne m'a laissé aucun répit. Par la fenêtre, dans la nuit arctique, un bestiaire depuis longtemps disparu a repris vie. J'ai vu défiler des troupeaux de mammouths laineux. J'ai senti leur souffle et leurs barrissements ont déchiré mon sommeil enfiévré. Des visages hirsutes se sont penchés sur moi et m'ont secouée sans ménagement. Mais ce matin, la fièvre semble vouloir desserrer son étreinte. Je me lève. Je me trouve fragile et vulnérable. Abominablement. Mon équilibre est incertain. J'inspecte mon refuge. Outre un cahier contenant d'élégants croquis, les personnes qui m'ont précédée ont laissé du poisson séché, du sucre, un peu de thé au fond d'une boîte en fer et des conserves sans étiquette. Un bidon de carburant aussi, presque plein. Sans lumière, je crois que je deviendrais folle. Accolée à la cabane, il y a une remise avec un tas de bois à l'intérieur, du bois flotté fendu en bûchettes d'une trentaine de centimètres, ce qui me laisse à penser que la Léna ne doit effectivement pas être bien loin. Il y a aussi une hache, un long pic en métal et quelques outils. Je remplis de neige par trois fois la bouilloire noire et cabossée, pour obtenir à peine un quart de litre d'eau dans lequel je fais infuser le thé. Installée devant la fenêtre, je n'arrive toujours pas à croire que je suis là, seule dans ce grand vide. La nuit polaire est une sorte de crépuscule. La toundra s'étire vers le néant, blanche dans un ciel de suie, sans arbres et sans vent. Sans bruit. Rien. C'est terriblement angoissant. Oppressant et beau à la fois. D'une pureté désolante et primitive. Je n'avais jamais ressenti ça auparavant en arpentant ces terres gelées. Il faut dire que je ne sortais jamais seule, personne n'est autorisé à faire ça. C'est fou comme les compagnons de route concentrent nos attentions, gommant ainsi l'austérité et le silence.

J'ai lu quelque part que pour survivre il ne faut pas paniquer. C'est si simple à dire…

Je vais jusqu'au lac situé à une cinquantaine de mètres. La glace est vitreuse, lustrée par les bourrasques de la veille. De fines rayures zèbrent sa surface. Par touffes, de maigres plumeaux de linaigrette sortent de la neige. La vie est partout, insoupçonnable. Je pensais pouvoir extraire quelques morceaux de glace avec la hache trouvée dans l'appentis – cela donne beaucoup plus d'eau que la neige fondue –, mais le fer rebondit sur la glace en l'égratignant à peine. Inutile d'insister. En remontant, je vois un renard polaire se faufiler sous la cabane. Il est jeune et sa fourrure blanche est ébouriffée par le vent. Qui sait ce que je serai devenue quand il troquera son bel habit d'hiver pour un pelage roux qui sied mieux aux couleurs de l'été… En chemin, je dois m'asseoir, tant le trajet me semble long. Je me repose un moment puis je ramasse de nouveau de la neige pour réhydrater un sachet lyophilisé pris au hasard dans le sac de survie. Il en contient quatre, des sandwichs au lard et au jambon sec sous vide, ainsi que de la compote de fruits et du chocolat noir. J'ai trois ou quatre jours de nourriture, peut-être bien cinq si je me rationne, mais mon corps a besoin de beaucoup d'énergie pour lutter contre le froid. Il y a également un complexe de vitamines, un réchaud et deux récipients de cuisson en métal très léger. Dans la cabane, l'odeur qui se dégage après avoir versé l'eau dans le sachet n'est pas spécialement appétissante. Je m'installe devant la fenêtre pour manger.

Je reste assise là pendant plusieurs heures. Une grille hérissée de pointes acérées propres à écarter toute velléité d'un ours polaire quadrille le paysage. Il n'est en rien différent en B2 qu'en E6. Je dois absolument m'organiser pour tenter de rejoindre la Léna. Cela m'obsède. Tourne en boucle dans mon esprit. Il faut que je structure mes pensées. Que je sois prête à partir. Je devrais déjà être en route, mais le courage me manque. Je ne sais pas si une météo aussi propice se représentera.

Un loup se montre en fin de journée. Je sors sur le pas de la porte. Il m'observe patiemment, sans animosité. Peut-être qu'il me sait vulnérable, qu'il attend son heure et qu'elle coïncidera fatalement avec la mienne. C'est dans l'ordre des choses, je ne lui en veux pas. Peut-être est-il juste curieux de voir une femme seule, équipée d'une voyante parka rouge. Il sait qui je suis. Je l'ai vu venir renifler mon urine et mes œstrogènes parlent pour moi. Perché sur ses longues pattes, il semble être en osmose avec le désert arctique qu'il scrute de temps à autre avec célérité.

*12 décembre 2017,*
*base abandonnée de Polyarka, – 36°C*

Il neige et par la fenêtre je vois des fantômes qui s'agitent douloureusement avant de se déchirer sous la violence du vent. Il secoue la cabane et tire de chaque encoignure des sons lucifériens. Hier, j'imaginais que survivre était, avec un peu de chance, encore possible. Quelle vanité ! Ce coin de terre gelée sera le débarcadère de ma vie. Le tarmac sur lequel je vais devoir poser mon existence. Des brumes s'empilent sur la nuit comme sur mon esprit. On m'a fréquemment dit : « Ah, mais je vous connais ! » Quelle chance ! Moi, je ne sais pas qui je suis vraiment et le temps qui passe ne m'apprend rien. J'aurais aimé pouvoir compter sur moi dans toutes les situations, mais je me suis souvent fait défaut comme j'ai fait défaut à ceux que j'aimais. Je ne me voudrais pas comme amie. Je paie mes égarements. Je suis punie pour mes errances. Me voilà piégée dans l'immensité silencieuse d'un grand désert blanc à la froideur mortelle. Je vais rejoindre les corps qui reposent sous la toundra, rejoindre les mammouths, les aurochs et les bisons, le peuple des chasseurs-cueilleurs. Je ne les crains pas. Je crois que près d'eux, j'aurai moins peur du néant. J'emporterai avec moi mon chagrin, mes questions et mon amertume.

Sacha, mon frère, du fond de ta cellule, pense à moi. Sur l'abyssale toile du silence monacal, inscris des phrases que je saurai lire le moment venu. J'ai beaucoup appris du silence. On peut faire dire ce que l'on veut aux mots, pas au silence. Il ne ment pas. Tu avais raison, Sacha, ce n'est pas une absence, mais une intense présence qui dit de nous ce que nous ne voulons pas voir, pas savoir. Une présence ravageuse. Parle-moi ! Parle-moi s'il te plaît ! Je saurai t'entendre, je crois. Je n'ai pas ta force. Les miennes déclinent. Je puise dedans chaque jour et chaque jour j'en glane quelques fragments. Pour combien de temps encore ? L'enfer doit ressembler à cela. Je suis ici, abandonnée au cœur de la Sibérie comme jadis les zeks dans un goulag sur les rives de la Kolyma.

*13 décembre 2017,*
*base abandonnée de Polyarka, – 38°C*

La nuit, je ne rêve pas, je ne rêve plus. Je me mens. Je me veux vivante. Je traverse des plaines glacées à bord d'un Transsibérien aux wagons de verre. Je vois le froid, je vois le vent. Confortablement installée, je les observe mordre et frapper la carapace de cristal. Je les toise avec l'arrogance de celle qui se sait inatteignable. Puis le train perd de la vitesse et les parois se fissurent à mesure qu'il s'essouffle. Je frémis, je m'agite, je m'affole et soudainement tout implose. Au réveil, le froid et le vent se vengent. Je n'ai pas les mots pour décrire la douleur et l'abattement du réveil. Dieu seul sait ce que j'endure. Je ne sais pas trop pourquoi je dis « Dieu seul sait »… Ça n'a aucun sens. Mais y a-t-il quelque chose qui ait du sens ici ?

Ce matin, par la fenêtre, j'ai vu la silhouette massive d'un ours blanc se dessiner dans la toundra. Il se dirigeait vers moi. Une décharge électrique a parcouru ma colonne vertébrale et mis mon cerveau en panique. Mon cœur s'est accéléré. Instinctivement, je me suis décalée pour l'observer sans être vue. Sa démarche était nonchalante. Son épaisse fourrure ondulait. Il humait l'air. Je pouvais voir sa truffe noire chercher les molécules qui trahissaient ma présence. Il s'est dressé contre la herse fixée devant la fenêtre. J'ai fui son regard. Est-ce la lumière de la lampe à pétrole ou mon odeur qui l'avait attiré jusqu'à moi ? Après une longue observation, il est allé à la porte. J'ai senti son souffle puissant et chaud passer dessous. J'ai entendu ses griffes gratter le bois. Elles se sont immiscées dans les moindres interstices, d'effrayants crochets bruns cherchant une prise pour l'arracher. J'étais un lapin au fond de son terrier qui voit s'avancer la gueule du renard. J'étais terrorisée. J'avais une idée très nette de ma place dans la chaîne alimentaire, un maillon pas plus représentatif qu'un lemming. J'étais sous la menace du plus grand prédateur terrestre et elle ne pesait pas moins de cinq cents kilos. Puis il a grogné. J'ai entendu ses pas dans la neige. Je suis retournée à la fenêtre et j'ai vu le loup qui tournait autour de lui en montrant les crocs. Les deux se jaugeaient à distance. La puissance d'un côté et la rapidité de l'autre. L'ours bondissait soudainement vers le loup, la gueule ouverte et écumante. D'un saut, le loup esquivait et s'écartait de quelques mètres en trottinant. L'ours revenait alors mettre son nez sous la porte, mais le loup ne lui laissait aucun répit. À ce jeu, l'ours s'est fatigué en premier. Il s'est enfoncé dans la nuit. Le loup est resté.

Je suis sortie, encore tremblante, et me suis adossée à la cabane. J'ai fermé les yeux un instant sous la morsure du froid. En les ouvrant, j'ai vu le loup assis sur un hummock, un monticule formé par le gel du sol, et de ce modeste trône il contemplait son territoire. J'ai dit :

— Merci, loup. Merci mille fois. Comment t'exprimer ma gratitude ? Je ne sais pas comment on fait avec les loups. Je n'ai même jamais eu de chien. J'ai une idée, ne bouge pas, je reviens.

Je suis allée prendre une feuille dans mon carnet de route.

— Écoute un peu. C'est signé Romain Gary, mais ça, tu t'en fous. Est-ce que tu m'écoutes, loup ? C'est pour toi et ça en dit beaucoup sur nous.

Il a tourné la tête et ses yeux ont croisé les miens.

— « À mes yeux, monsieur et cher éléphant, vous représentez à la perfection tout ce qui est aujourd'hui menacé d'extinction au nom du progrès, de l'efficacité, du matérialisme intégral, d'une idéologie ou même de la raison, car un certain usage abstrait et inhumain de la raison et de la logique se fait de plus en plus le complice de notre folie meurtrière. Il semble évident aujourd'hui que nous nous sommes comportés tout simplement envers d'autres espèces, et la vôtre en particulier, comme nous sommes sur le point de le faire envers nous-mêmes* »… Je peux te refaire la lecture en remplaçant « cher éléphant » par « cher loup » si tu veux. Ce ne serait pas moins vrai. Tu sais qu'il y a des hommes qui veulent cloner le mammouth et le faire renaître alors même que nous sommes incapables d'assurer la protection et la survie de son cousin l'éléphant ! Jeanne dit que l'on sait déjà tout ce qu'il y a à savoir sur le mammouth, qu'il n'a pas plus de secrets pour les scientifiques qu'une

* Romain Gary, « Lettre à l'éléphant », *Le Figaro littéraire.*

vache ou un cheval. Des mines vont être creusées partout sur ton territoire, des gisements de pétrole forés. Tu as remarqué comme le sol s'autocannibalise ? Il dégèle et il est ensuite englouti par ses propres entailles. Pour alimenter toute cette batterie d'industries, des centrales nucléaires flottantes vont être installées en mer pour ne pas avoir à subir l'instabilité de la terre, alors qu'il faudrait panser les plaies de notre planète et prendre à bras-le-corps les maux qui la rongent et nous condamnent inexorablement. L'homme est ainsi fait. Il est si cupide ! Il ensemence la planète de projets mortels sans trembler. Si la souffrance produisait une énergie exploitable, je ne doute aucunement que l'un d'entre nous aurait depuis bien longtemps eu l'idée de créer des centrales à géhenne pour produire de l'électricité. Et notre conscience aurait fini par s'en accommoder. On le fait déjà avec beaucoup d'autres choses, des milliers d'êtres d'humains. Voilà ce que nous sommes devenus, loup, des créatures au goût démesuré d'elles-mêmes. Le mal est là, il est en nous et il te crache à la gueule.

*8 janvier 2019,* Stat Crux dum volvitur orbis

« La Croix demeure tandis que le monde tourne. » Dom Joseph se l'était pourtant faite sienne, cette devise des Chartreux, mais depuis le carnet d'Anna, elle prend la tangente, habille différemment son esprit. La Croix est sa croix et elle demeure tandis que le monde tourne sans lui.

Des chocards à bec jaune sont perchés sur les toits. Ils ont quitté la haute montagne, les ravins rocheux et les vertigineuses falaises, chassés par la tempête. Ils n'hésitent pas à venir quémander de la nourriture sur le rebord de sa fenêtre. Le froid et la neige poussent les oiseaux, les chamois et toute la faune qui peuple les sommets vers les fonds des vallées. Les loups suivent. Dom Joseph aimerait, comme Anna, en avoir un pour ami. Il n'a toujours eu que des coreligionnaires, des camarades parfois, des amis jamais. Au monastère, dans la prière, la méditation et l'amour de Dieu, il s'imaginait pouvoir se soustraire à cette quête. Il s'imaginait une foule d'autres choses encore. Mais rien ne fonctionne comme prévu. Dom Joseph se dit qu'un jour, lors du spaciement, il quittera la zone de silence et poursuivra le chemin au-delà des limites de la forêt. Il marchera jusqu'à un col, jettera un dernier regard vers le monastère et basculera sur l'autre versant.

*14 décembre 2017, toundra sibérienne*

J'entends battre mon cœur. Le vent s'en est allé. Il doit, à cette heure, dévaler vers le sud de la Sibérie et balayer de son air polaire la surface vitreuse du lac Baïkal. Je suis anesthésiée par le froid, le silence, la solitude et l'absence de lumière. Je dois me lancer, me jeter dans le vide. J'alimente le poêle et je me force à manger un sandwich au jambon. Il est gras. Je ne sais pas ce qu'il y a vraiment dedans, ce doit être une sorte de pemmican russe. Je me fais chauffer du thé. J'en prévois suffisamment pour pouvoir remplir ma petite bouteille d'Évian. Je la glisse dans la poche interne de ma parka pour qu'elle ne se refroidisse pas trop vite. Je roule mon sac de couchage et l'enfouis dans mon sac à dos. Je suis prête. Je connecte le GPS de ma montre. Je suis angoissée à l'idée de confier ma vie à ce si petit appareil dont je maîtrise mal le fonctionnement. Je recule le moment où je vais devoir éteindre la lampe à pétrole. Mes motifs de tergiversation une fois épuisés, je l'éteins. Je dois lutter pour ne pas la rallumer. J'ai abominablement peur. Je charge mon sac sur mon dos et je referme soigneusement la porte. Le froid me prend dans la seconde. J'ai le sentiment qu'ici, à l'orée de rien, il est plus brutal encore que dans les rues de Tiksi. Je jette un œil sur le GPS et je me lance.

Chaque pas qui m'éloigne de la cabane est un supplice. Je dois me faire violence pour ne pas rebrousser chemin et retourner me blottir près du poêle. Je sais que si je manque l'antenne que m'a indiquée Valery, je serai morte ce soir. Plus tôt encore si je croise un ours. La nuit me terrifie. Elle et ma solitude. Je marche droit. Je me retourne régulièrement pour vérifier que je marche droit. Ma trace dans la neige me dit cela. Je fixe un point devant moi, dans le néant, et je tente de le rejoindre. C'est un exercice pour yoguiste. Je regarde aussi l'heure pour me faire une idée du chemin parcouru. Le terrain n'est pas plat. Je ne sais pas pourquoi je me l'étais imaginé ainsi. C'est difficile de marcher dans l'obscurité et de rester concentrée sur le trajet. Je dois sans cesse ramener mon esprit vers des sujets pragmatiques. Dans les ombres de la nuit, je vois passer des ours et des troupeaux de mammouths. Je vois la neige onduler et se mettre en mouvement comme lors d'une avalanche. Je suis à deux doigts de faire un malaise, mais ce n'est qu'un essaim de lapins blancs, des lièvres arctiques surpris par ma présence. Je sais maintenant de quoi loup se nourrit.

Il est là d'ailleurs, qui me suit. Je l'ai aperçu furtivement à plusieurs reprises. Je ne le crains pas. J'aime sentir sa présence. Je l'ai vu faire avec l'ours. Je me demande si c'est un simple loup ou la réincarnation d'une personne qui m'aime et me protège. Ma mère peut-être bien. Elle m'a tellement manqué. Les mois qui ont suivi sa mort, je lui écrivais des lettres que je n'envoyais pas. Je les abandonnais au gré des rues avec son nom sur l'enveloppe. Dans des églises parfois, comme une alternative aux bouteilles à la mer. Mais jamais aux eaux de l'Isère. Le fait qu'elle se jette dans le Rhône, qui lui-même descend jusqu'à la Méditerranée ne me venait pas à l'esprit. Si je survis à cette épreuve, je ferai ça. Je t'écrirai une lettre, maman, à toi aussi, Romane. Une lettre dans laquelle je dirai combien vous me manquez et que je confierai, enfermée dans une solide bouteille en verre, aux eaux de l'Isère. Je vous demanderai de me dire qui était à mes côtés. S'il est possible de tenir à deux dans le corps d'un loup. À trois, il faut lui laisser de la place, du champ pour s'exprimer. On doit avoir bien chaud là-dedans…

À trop la consulter, ma montre GPS n'indique plus rien. C'est un disque blanc comme un œil de poisson congelé. Le froid a eu raison de ses cristaux liquides et je n'ai plus aucun moyen de savoir quelle direction je dois suivre. Cela me terrifie. Je ne lirai plus non plus les chiffres qui m'indiquaient l'heure et la température, mais c'est sans doute mieux ainsi. Elle est constamment horriblement basse de toute façon.

Je suis épuisée. Je marche depuis si longtemps... En fait, je ne marche plus, je lutte. Et toujours pas d'antenne. Elle devrait être là, avec l'abri niché à ses pieds. Je ne pourrai pas aller beaucoup plus loin. Mes os sont de glace. Je ne sens plus mes pieds. Malgré la protection, mon nez aussi a gelé, je le crains. J'avance mécaniquement. J'entends ma Zora qui me parle. Je lui tends la main. Elle l'attrape et nous marchons ainsi. Elle n'est vraiment pas frileuse, ma Belette, je suis fière d'elle. Zora me dit ses jeux avec ses amis, avec moi, avec Romane bien sûr. Avec Sacha, quand le petit séminaire lui permettait de venir jusqu'à nous.

— Sacha, il me faisait des chatouilles. À Maude aussi. Il aimait me regarder faire pipi debout.

— Non, Zora, tu dois te tromper…

— Non, maman.

— Je ne connais pas de Maude ! Mon Dieu, est-il possible que je ne connaisse pas toutes tes amies ?

— Il est gentil Sacha. « Ta maman n'aimerait pas savoir à quoi nous jouons, ça la tuerait. Il faut que ça reste un secret entre nous. Je ne te ferai pas de mal, tu le sais. Le Seigneur est en moi et il m'aime comme il t'aime. Personne d'autre que nous ne peut comprendre ça ! » Tu vois, j'ai gardé le secret, pour pas que tu meures… Courage, maman !

Je tombe à genoux, le souffle coupé. Une blessure qui irradie mes viscères. Elle me prend au ventre comme autrefois mon déni de grossesse. Je hurle contre la nuit qui me renvoie mes cris de bête :

— Zora, ma Zora, est-ce bien toi qui me parles ?

Je deviens folle. La nuit polaire s'ouvre aux songes comme aux fous. Est-ce cela la conscience vive qui précède la mort ? Celle qui explore une part de notre cerveau que nous n'avons pas su utiliser vivant ? Alors je vais mourir avec ce doute atroce au cœur. Avec cette vérité sans fard et sans témoin. Loup s'est approché. Il baisse la tête et me regarde dans les yeux. Les siens brillent dans l'obscurité. Une phosphorescence jaune fauve. Nous restons ainsi quelques secondes. Je me relève, mon sac à dos me déséquilibre et je fais un pas de côté. Loup sursaute et il file devant moi. Je le suis. Cinquante mètres plus loin, je vois se dessiner les contours d'une cabane. Elle est montée sur deux troncs d'arbres flottés. Un traîneau massif, une caravane de l'Arctique. Mais je ne vois pas d'antenne. J'essaie d'ouvrir la porte. Elle est bloquée. Je pousse, en vain. Ce serait vraiment stupide d'être arrivée jusqu'ici pour geler sur le seuil. Je pose mon sac. Ce sont deux crochets métalliques qui maintiennent la cabane fermée, l'un en haut et l'autre en bas. Après les avoir frappés avec un morceau de bois, je les soulève et la porte s'ouvre enfin.

À l'intérieur, il y a des paquets de bougies. J'en allume une. J'aime l'odeur de la cire chaude. Elle a quelque chose de rassurant. La flamme vacille un peu, éclaire la pièce et plonge dans la pénombre la plus totale ce qu'il y a derrière la fenêtre. Elle doit se voir de loin, comme un phare planté dans la toundra. Je place mes mains en corolle autour pour me réchauffer. Il y a aussi un tas de bois flotté. J'allume un feu. Je regarde les flammes danser. Je pense à loup et à Zora. Je dois me forcer à boire et à manger. À manger surtout. J'étends mon sac de couchage et je me glisse dedans, secouée par de puissants frissons. Mon corps lutte contre le froid. C'est le signe que je suis bien vivante. La chaleur tarde à venir. Enfin mon corps se détend et je m'endors.

*15 décembre 2017, toundra sibérienne*

Dehors, il fait froid. Un froid de loup, je suppose. Pas seulement parce que je le vois dans le cadre de la fenêtre qui fait face à mon couchage. Il reste là, le regard figé dans le silence et l'immensité vaporeuse de la toundra. Des sautes de vents blancs retroussent sa fourrure, mais il semble indifférent aux bourrasques glacées. Il tourne parfois la tête, brusquement, comme s'il quittait un songe, fixe la fenêtre, regarde derrière lui avant de reprendre sa pose. Il m'a conduite ici hier. Sans lui, je ne serais rien. Rien qu'un être inapte à la vie dans un désert glacé. L'intelligence est partout en lui. Il est l'équilibre qui me manque.

Je n'ai aucune idée de l'heure. J'espère avoir dormi suffisamment, mais je ne suis sûre de rien. Il peut aussi bien être deux heures que dix. Hier soir, j'étais tellement heureuse d'avoir trouvé cette cabane, euphorique presque. J'ai cru un instant voir la chance me tendre enfin la main, mais je me suis vite rendue à l'évidence. Je ne sais pas où je me trouve et cette baraque n'est rien d'autre qu'un tas de planches inhabité qui doit servir d'abri à des chasseurs de mammouths, autant que je puisse en juger d'après le crâne et les ossements pachydermiques traînant partout autour. Rien de salvateur, rien qui puisse m'emporter hors d'ici, juste de quoi me protéger quelques heures de l'abominable morsure du gel, du vent et des bêtes sauvages. Les hommes qui ont occupé cet abri sont partis il y a plusieurs semaines. Au début de l'automne probablement. Pourtant, il a gardé leurs odeurs, l'écho de leurs voix aussi. Une rumeur qui s'étire sur le silence quand le vent s'essouffle. Ils ont fui avant que l'hiver ne s'installe et que la météo ne tourne au cauchemar. Je tremble, pas seulement à cause du froid. Je suis exténuée. J'ai la gorge en feu. J'ai égaré mon masque hier. Un masque de protection du visage. L'air polaire me brûle les poumons. Mais il me faut repartir aujourd'hui, tant qu'il n'y a pas trop de vent et pas de brume. Je me prépare un sachet lyophilisé. Ça me prend un temps fou et me rend nerveuse. J'ai du mal à l'avaler. J'ai peur de ce qui s'annonce. Une peur qui entre en moi comme dans un moulin. Une peur qui broie mon cerveau et fouaille mes entrailles. J'aimerais me tromper… mais entre le froid et mon état de fatigue, ça fait au moins deux bonnes raisons pour que tout s'arrête là.

J'ai des haut-le-cœur. Je me sens mal. Je ne vais rien garder de ce que j'ai réussi à ingurgiter. En regardant la bouteille d'Évian achetée à l'aéroport de Lyon il y a plus de trois mois maintenant, je mesure l'anachronisme de ma situation. Je suis seule, dans un des endroits les plus sauvages de la planète, un des plus isolés, avec pour voisins immédiats un loup et un ossuaire préhistorique. Ma Belette, tu me manques. Tu me manques affreusement. Je ne pensais jamais avoir à te dire cela un jour, encore moins le ressentir au fond de moi jusqu'à en avoir la nausée. Parce que je ne t'ai jamais imaginée ailleurs que dans mes bras. Je dois te demander pardon pour tout ce que je n'ai pas su voir, pas su entendre. Pardon pour mon aveuglement. Pour toutes mes promesses non tenues, pour mes mouvements d'humeur. Je n'ai pas su te protéger. L'impensable s'échafaude en moi comme le crime dans les esprits pervers et déviants. Sauras-tu me pardonner ? Je rumine les moments passés près de toi, contre toi, chacune dans la chaleur de l'autre. J'ai peur de la nuit et ici elle est sans fin. Une nuit qui taraude l'esprit, le perce de multiples trous pour le vider de sa substance. Qui sait ce que je serai devenue quand le soleil se lèvera. Je te reviens, Zora, prends la main de Romane et guettez-moi…

Quand Victor est mort, j'aurais pu trouver la foi. Victor était un être immonde et sa mort un don de Dieu. Si je n'avais pas aidé le sort, j'aurais pu croire en lui. Et puis te voilà, Sacha. Surgi de la nuit et des nuées fantasques qui la colorent. Un jour, tu liras ces lignes, je l'espère. Je l'espère de tout mon être. Mes pensées ne peuvent pas me tromper. La fragile lumière du doute s'est immiscée. Elle fait son chemin et elle éclaire heure après heure les faces cachées de ma conscience. Je sais que je vais te maudire. Je t'abomine déjà. Je lis dans ton âme où le démon a écrit lentement, scrupuleusement tes méfaits et tes parjures en lettres de sang. Les pierres du monastère qui te tiennent à l'écart du monde ne sont le gage de rien. Elles sont pétries de vœux pieux et souillées par les bassesses dont elles ont été témoins. Tu ne pourras pas éternellement te cacher derrière ton sourire béat. Aucun endroit ne te protégera de ma haine et de mon dégoût. Tes prières et ton érémitisme ne t'épargneront pas.

Je me remets en marche comme un condamné avance vers l'échafaud. Je ne vois pas loup. Je me demande où il est passé. Son absence m'accable. Un ciel où dansent des aurores boréales éclaire la toundra. Il éclaire la nuit comme un soir de lune pâle. Je les trouve follement inquiétants, ces entrelacements d'un vert fluorescent qui ondulent dans les vents solaires. Je vois le fantôme de Raspoutine s'extirper de ces tourbillons et se réjouir de mon agonie. Et de là-haut, que vois-tu, Romane ? Est-ce que tu m'aperçois dans ce désert blanc ? Est-ce que la lumière de la Voie lactée t'isole du monde ? Pour moi, le ciel n'est le plus souvent rien d'autre qu'un grand trou noir et sa béance est, comme ce vide en moi, impossible à combler.

Je marche aussi vite que je le peux, mais je me sens faible. Mes doigts de pieds me font mal. Hier soir, ils étaient tout noirs. J'ai pourtant d'excellentes chaussures. Je les ai aussitôt remises et j'ai dormi avec. Je craignais de ne plus pouvoir les enfiler. Mon nez est noir aussi et j'ai des gelures sur les pommettes. Les lumières célestes s'éteignent et la nuit revient, plus dense encore. Je lutte jusqu'au bout, jusqu'à tomber. Je reste quelques instants au sol, le temps de reprendre un peu de forces. Je me contorsionne pour enlever les bretelles de mon sac à dos, puis je m'assieds dessus. J'ai la nausée. Je ne peux pas m'arrêter ici. Je dois absolument trouver un endroit pour couchser dans mon carnet cette journée. Ça n'aurait pas de sens d'abandonner après tous les efforts fournis. Je me redresse et peine à hisser mon sac sur le dos. Avec l'épaisseur de ma parka, c'est toujours un peu compliqué. Au début, je suis engoncée. Après quelques mouvements, les choses se mettent en place.

Et je me remets à marcher. Il y a combien de temps que je marche ? Une éternité. J'avance. Chaque pas est une souffrance. Mes jambes ne me soutiennent plus. Je n'ai pas la force de me relever. Loup est de nouveau avec moi. Il vient de sortir du néant et s'approche. Je lui tends la main. Je m'aperçois qu'elle est nue. Je ne me souviens pas avoir perdu mon gant. Je l'appelle. Loup est très agité.

— Ne me quitte plus. Reste près de moi, s'il te plaît. Je n'atteindrai jamais le fleuve. Mes forces m'abandonnent.

Je le regarde, son pelage est presque entièrement blanc, ses pattes assez fines, ses yeux incroyablement lumineux. Soudain, il fait un bond en arrière. Sa gueule se déforme d'une vilaine grimace, sa langue sort entre ses canines, ses yeux disent sa terreur, un éclair écarlate et poisseux jaillit de son flanc. Un bruit déchire l'air, tranche le silence. Une violente déflagration. Loup retombe sur le sol, inanimé. Je hurle…

*18 décembre 2017, campement iakoute*

Je ne l'ai pas entendu venir. La porte s'est ouverte et la silhouette d'un homme s'est esquissée dans la nuit polaire. Enfin, ce n'est pas vraiment une porte, mais une lourde peau. Je me redresse. Il tape ses bottes sur le seuil avant d'entrer. Il s'avance vers le centre de la pièce, décroche la lampe à pétrole, actionne un piston et la lumière se fait plus intense dans un chuintement inquiétant. Une lumière vive. Je cligne des yeux. L'homme me regarde, sans rien dire, puis il ouvre la porte du poêle et enfourne une brassée de bois avant de tourner une clef sur le tuyau. Le feu jaillit des braises, puis il rugit comme un fauve en cage. Cela fait trembler la porte. Elle émet de petits claquements métalliques en tentant de contenir sa fougue. La lumière et le feu, vifs et sémillants, la vie et l'espoir qu'ils portent en eux. Les larmes me montent aux yeux. L'homme me fait signe de m'avancer vers une table basse, puis il sort. Je m'extirpe de sous un tas d'épaisses couvertures colorées. Mes pieds sont enveloppés dans de volumineux bandages. Ma main gauche aussi. C'est effrayant à voir. Je tâte mes doigts à travers les bandages. Ils ne me font pas vraiment mal, mais je sais que ce n'est pas bon signe.

Autour de moi, ce ne sont que couleurs chaudes et douceurs. La pièce est ronde avec un mât au milieu et le poêle à son pied. C'est une sorte de tipi qui fait bien sept ou huit mètres de diamètre. Des perches supportent des peaux cousues entre elles. Il y a des tapis au sol, de la vaisselle sur la table basse. Près d'un meuble en bois peint s'entassent des ustensiles de cuisine. Je les devine un peu cabossés et noircis par l'usage et les flammes. Sur une étagère s'alignent cinq photos et des bougies fichées dans des bouteilles. Plus loin, un tas de vêtements et des sacoches sont accrochés à un treillis de bois.

L'homme revient avec un sac et un bloc de glace. Il accroche son fusil près de la porte, brise la glace avec le dos d'une machette, puis il met les morceaux dans la bouilloire posée sur le poêle. De son sac il sort un gros poisson blanc de givre dont il détache des copeaux avec son couteau, comme on taille un morceau de bois. Quand l'eau frémit, il jette dans la théière du thé noir et du sucre avant de la retirer du feu. L'odeur boisée du thé arrive jusqu'à moi. Je dis :

— Je m'appelle Anna, Anna Liakhovic.

Il me regarde.

— Moi c'est Anatoly. Et voici Liudmila, ma femme.

Je ne l'avais pas remarquée. Elle se tient dans l'ombre d'une armoire en bois et donne le sein à son enfant. Je lui fais un signe de la main et elle me répond par un sourire. Le thé est fort, mais il a le goût de la vie. Anatoly met les copeaux de poisson à frire dans une poêle avec un morceau de beurre qu'il a débité comme le poisson. La vive odeur de friture envahit la pièce. Il verse le contenu de la poêle dans une assiette en fer-blanc qu'il pose sur la table, à côté du pain. Il dit :

— Sers-toi.

Je tends la main vers le pain. Elle tremble.

— Merci…

— C'est juste du poisson.

— Et du pain.

— Et du pain. Toujours du pain, à tous les repas. C'est Liudmila qui le fait.

— Où sommes-nous ?

— Tu devrais le savoir. On n'arrive pas ici par hasard…

— Par rapport à la Léna ?

— Elle n'est pas bien loin.

— Comment m'avez-vous trouvée ?

— J'ai vu un loup qui tournait autour de quelque chose, puis, dans la lueur du phare de la motoneige, je t'ai vue. J'ai sorti mon fusil et je lui ai collé une balle dans les tripes avant qu'il ne te prenne à la gorge. Quand je me suis approché, tu étais très agitée. Ton visage était couvert de glace et tu poussais des hurlements de bête. J'ai bien cru que tu étais folle. Puis tu as perdu connaissance. Le loup t'aurait dévorée avant que le froid ne te fige. On peut dire que tu as une sacrée veine.

Au fond de moi, je crois bien que ça m'a fait sourire.

— C'était « Loup ». Il était près de moi depuis plusieurs jours.

— Quand ils ont repéré une proie, ils ne la lâchent plus. Ils savent être patients.

— Non. Vous ne comprenez pas… Ce loup était mon ami, mon guide, mon ange gardien. Sans lui je ne serais jamais arrivée jusqu'ici. Il a éloigné un ours qui voulait entrer dans ma cabane.

Anatoly me regarde avec un air étonné. Il sort une bouteille de vodka, remplit deux verres et en pousse un vers moi. L'alcool me brûle les lèvres, j'en pleure de douleur.

— La fatigue et la solitude faussent notre perception des choses. Mais elles nous donnent parfois à entendre des voix. Des voix qui remontent du fond des glaces. Un hiver, j'ai marché pendant trois jours et deux nuits dans une terrible tempête. Je ne pouvais pas m'arrêter sans risquer de mourir sur-le-champ. Le deuxième jour, j'ai rencontré un vieil homme qui m'a accompagné tout le reste du trajet. Il m'aidait à m'orienter, me disait de me relever quand je tombais d'épuisement. Une fois au campement, j'ai demandé de ses nouvelles. On m'a dit : « Un homme, quel homme ? Tu étais seul quand on t'a trouvé. » Liudmila m'a dit que c'est l'esprit de son père qui était venu à ma rencontre. Son père, je ne l'ai pas connu. Elle m'a montré des photos de lui. L'homme qui m'avait accompagné dans la tempête était un peu plus âgé, mais c'était bien lui.

— Moi, Loup, j'aurais pu le toucher. Je lui ai parlé, souvent. Il ne m'a jamais répondu.

— C'est heureux… Ce n'est pas un endroit pour une femme seule.

— C'est un endroit pour personne.

— Moi j'ai une femme, un fils, des amis, un troupeau de rennes, des chevaux et j'aime ces terres.

— Je suis désolée, Anatoly, ce n'est pas ce que je voulais dire. Comment s'appelle votre fils ?

— Vadim. Il est déjà fort comme un lutteur. Dans quatre ans, je lui apprendrai à monter à cheval. Il fera un bon cavalier. Mange avant que ça refroidisse. Tu m'as toujours pas dit ce que tu faisais par ici.

— Je cherchais à rejoindre la Léna. Je dois aller à Iakoutsk et on m'a dit que je trouverais une voiture ou un camion pour m'y conduire.

— Il y a des convois qui remontent le fleuve jusqu'à la ville quand la glace est assez solide. L'hiver est une bonne saison. On se déplace où on veut. J'ai du travail, je dois te laisser.

Anatoly s'en va. Je me demande en quoi peut bien consister son travail par ce froid. Le bébé se met à pleurer. Liudmila le berce.

— Tu as des enfants ?

— J'avais une fille.

— Tu ne l'as plus ?

— Non.

— Elle est morte ?

— Elle s'est noyée.

— Il y a longtemps ?

— Assez, oui.

— Elle s'appelait comment ?

— Zora. Elle s'appelait Zora.

— Tu n'as jamais voulu en avoir d'autres ?

— Non.

Liudmila se lève, elle couche son bébé dans un berceau, puis elle fait chauffer de l'eau. Ensuite elle sort secouer des tapis. Ses gestes sont comme sa conversation, simples, rapides, efficaces. Je la regarde s'affairer. C'est la première fois que je me trouve dans une de ces tentes nomades. Je me fais l'effet d'un rescapé de la *Jeannette,* recueilli dans un campement comme celui-là, il y a plus de cent trente ans.

— Liudmila, je suis ici depuis combien de temps ?

— Trois jours. Tu étais à bout de force et tu avais de la fièvre. Tu en as encore.

— Vous m'avez soignée ?

— Oui.

— Avec quoi ?

— Le *tchitchikan* !

— C'est une plante ?

— Non. C'est un rituel. Je t'ai déshabillée puis je t'ai mise dans un bain de vapeur. Un mélange de feu et de glace qui réchauffe le corps, le purifie et apaise l'esprit. J'ai enduit tes gelures de graisse. Ensuite je t'ai fait boire beaucoup de thé et j'ai convié les esprits à ton chevet. Maintenant, tu sembles aller un peu mieux, mais tu as de vilaines gelures.

— Merci. Merci pour tout. Êtes-vous chamane ?

— Je soigne les gens quand je peux. Je parle aux esprits. Ils m'accompagnent dans toutes les tâches de la journée. Je crois que toi aussi tu pourrais être chamane. J'ai entendu comment le loup t'avait guidée. Tu as l'esprit connecté avec eux.

— Je ne suis connectée qu'avec les ennuis ! Cette tente est votre maison ?

— Ce n'est pas une maison, juste un *tchoum,* la tente des nomades iakoutes. Il y a trois familles dans notre campement. Ils passeront te voir tout à l'heure.

— Vous êtes née ici ?

— Dans un village plus au sud. À deux chansons et demie.

— Je ne suis pas sûre de bien comprendre…

— Nous, les éleveurs iakoutes, nous calculons les distances en chansons. Nos anciens faisaient ça et mon père me l'a enseigné. C'est pratique pour se situer dans la toundra et ça garde l'esprit en joie.

— Vous passez l'hiver ici ?

— Nous allons bientôt partir.

— Pourquoi ne pas rester là ? Ce doit être terrible de déménager en pleine nuit et par ce froid !

— Quand les rennes et les chevaux n'ont plus rien à manger, on déplace notre campement. On a toujours fait ça. On ne se plaint pas. Quand c'est terminé, on fait une fête.

— Mais comment se nourrissent vos bêtes ? Je ne vois que de la neige.

— Les rennes creusent avec leurs sabots pour chercher leur nourriture. Les chevaux passent derrière eux. Ils sont habitués à cette vie. Nous aussi.

— Liudmila, vous savez ce qu'Anatoly a fait du corps du loup ?

— Sa fourrure est tendue sur le cadre derrière toi. Si tu veux, elle est à toi.

Je me retourne et je le vois, écartelé, le museau pointant vers le plafond. Nous ne sommes plus, l'un comme l'autre, que l'ombre de nous-mêmes. Je lui demande pardon. Je pleure comme le jour où, encore enfant, j'ai senti la vie quitter un fragile passereau. Une mésange à tête noire qui venait de se rompre le cou contre la vitre de ma chambre. Son corps intact était chaud dans ma main et j'ai vu les doigts de ses petites pattes se contracter. Puis plus rien. J'étais inconsolable, frappée par l'injustice, la fragilité et la stupidité de l'existence.

— Ne sois pas triste, me dit Liudmila. C'est un loup comme tous les autres loups. L'esprit qui l'habitait l'a quitté. Il te reviendra peut-être. On ne meurt qu'une fois.

Puis elle m'adresse un sourire qui fait s'écrouler toutes mes certitudes.

*8 janvier 2019, vêpres*

Le carnet lui a échappé des mains. Il gît au pied de la table. La reliure en cuir marron se fond presque avec le sol en bois. Dom Joseph se dit que cette histoire aurait dû rester ainsi, tournée vers la face obscure du monde. Dans sa mort, Zora avait emporté ses fautes et tu à jamais ses crimes. Il avait osé penser que c'était bien ainsi. Que le Seigneur lui avait montré la voie de la rédemption en la rappelant à lui. Il lui avait rendu un fier service. Pour ça, il le bénirait jusqu'à la fin de ses jours. Anna pensait que c'était sa foi et sa certitude d'une vie meilleure après la mort qui lui donnaient la force de faire face à ce drame. En réalité, ce n'était que du soulagement. Enfin, il ne le formulait pas exactement comme ça, parce qu'il n'aurait pas supporté d'apparaître comme un monstre à ses propres yeux, mais c'était le fond de sa pensée. Là même où logeait la Bête. Zora, il avait eu peur qu'elle parle et elle aurait fini par le faire. Il fallait voir son regard quand il lui mettait son cierge entre les mains ! Pas comme Maude, qui fermait les yeux pour pleurer à couvert. Il sentait son corps se contracter quand il l'approchait. Elle lui offrait un sourire timide. Un sourire effrayé, à trou, avec les dents du bonheur. C'était son instant, sa jouissance, ce moment de frayeur et de soumission. Sacha s'imaginait que cela ne resterait pas dans leur mémoire, que tout ça s'effacerait avec le temps. Quand la mère de Maude lui avait appris qu'elle était enceinte, il s'était surpris à penser : « Pourvu que ce soit une fille et qu'elle me la donne à garder ! » Il faisait ça, quand il était séminariste, garder des enfants, organiser des jeux. Souvent, avec la paroisse ou les scouts, ils faisaient des sorties. Il aimait ça, les camps en montagne et le voile fragile de la tente derrière laquelle il piégeait ses proies.

Dehors, une tempête de neige plonge le monastère dans l'obscurité. De la neige s'accumule sur le rebord de la fenêtre et sur les parcloses du vitrage. La lampe de travail est allumée et éclaire lugubrement la pièce. Dom Joseph est pris de panique. Le Père Maître est un illuminé qui vit dans l'erreur. Il ne connaît pas Dieu. Personne ne le connaît vraiment. Dieu n'a rien pardonné. Il l'a trahi, lui, Dom Joseph. Il a soufflé à l'oreille de sa sœur ce qui aurait dû rester entre Zora et lui. Il l'a donné comme Judas a vendu Jésus pour trente deniers. Ses blasphèmes le font vaciller d'effroi. Le malin est en lui. Il craint soudain que la Bête de l'Apocalypse, le faux prophète et le cavalier de saint Jean l'évangéliste ne l'assaillent. « Mais la Bête fut capturée, avec le faux prophète – celui qui accomplit au service de la Bête des prodiges par lesquels il fourvoyait les gens ayant reçu la marque de la Bête et les adorateurs de son image. On les jeta tous deux, vivants, dans l'étang de feu, de soufre embrasé. Tout le reste fut exterminé par l'épée du cavalier, qui sort de sa bouche, et tous les oiseaux se repurent de leurs chairs. » Il doit se reprendre, se repentir et faire pénitence dans un flot de souffrances rédemptrices.

Dom Joseph va chercher les cilices qu'il s'est procurés par curiosité quelques semaines après son entrée au monastère. C'est Frère Anselme qui les fabrique, avec du fil de laiton. Le vieux fou lui en a remis deux, une ceinture et une chaînette de jambe, parfaitement réglementaires, sans poser de questions. Suivant la règle de saint Bruno, « nul ne peut se permettre des pratiques de pénitence autres que celles contenues dans les statuts ». Il en a glissé un troisième, en cordelette de chanvre, en disant que c'était pour faire « couiner les pourceaux qui ont la chair ancrée au corps ».

Dom Joseph se déshabille et enserre sa taille avec la ceinture de pénitence. Les picots lui entrent dans la peau. Des gouttes de sang perlent sur ses hanches. La cloche des vêpres sonne. Des larmes coulent sur ses joues. Avec la cordelette de chanvre, il enserre ses testicules comme on le fait pour les chevaux ou les taureaux avant un rodéo. Ça lui arrache des gémissements de douleur et de dépit. Il va être en retard à l'office pour la seconde fois. Il ferme le deuxième cilice sur sa cuisse droite. Le serre fort. De sa mortification viendra le salut. Puis il enfile sa tunique et court dans les couloirs en traînant la jambe.

Quand il entre dans la chapelle, il s'aperçoit qu'il a oublié de mettre ses sandales. Il prend place parmi les moines et joint ses bras dans les manches de sa tunique. Son trouble est profond. Il tremble. Le froid de la pierre sous ses pieds apaise sa fièvre. Les chants grégoriens monodiques des vêpres s'élèvent et envoûtent les esprits. Dom Joseph ne peut pas chanter. De sa gorge ne sort qu'un long gémissement qu'il voudrait taire. Il sait qu'il ne tiendra pas longtemps ainsi. Il pense aussi fort qu'il le peut à des choses douces comme le vol d'une demoiselle aux premiers jours de l'été. Alors qu'il survole un ruisseau où sont allongées de très jeunes nymphes, il sent son voisin s'agiter et s'écarter de lui. Dom Joseph lève les yeux et aperçoit son regard braqué sur ses jambes. En regardant ses pieds nus, il voit des gouttes de sang qui s'écrasent dessus. Elles sont comme les stigmates du Christ cloué sur la croix. Le moine crie :

— *Praestet nobis, ingressus est Bestia.* (« Que Dieu nous vienne en aide, la Bête est entrée. »)

L'esprit de Dom Joseph vacille. Il entend les bancs grincer et une agitation inhabituelle affoler la chapelle. Les cris sont plus forts, plus nombreux. La voûte se voile et laisse échapper des filets d'eau carmin. Le sang du Christ coule entre les pierres et macule sa tunique. Des bras le relèvent.

— Ce n'est qu'un malaise, emmenez-le dans sa cellule.

Il reconnaît la voix du Prieur.

— Et pour l'amour du Christ, faites taire ces imbéciles.

*21 décembre 2017, campement iakoute, – 47°C*

Les chiens aboient. Puis il y a un bruit de sabots sur la neige, comme le crépitement d'une pluie d'été. Un son de cornes qui s'entrechoquent, des brames caverneux qui se font écho, s'enroulent dans l'air cristallin et tonnent la vie. Je vais jusqu'à la porte à quatre pattes. Des silhouettes fantomatiques émergent d'une brume épaisse. Une brume expulsée par les naseaux de centaines de rennes. Un millier peut-être. Liudmila attrape une bête au lasso et la ramène vers elle sans se soucier de la cohue ni des imposants bois qui voltigent autour d'elle. Quand elle ne s'occupe pas du troupeau, du ménage ou de la cuisine, elle brode, Liudmila, avec son fils près d'elle. Quand elle ne brode pas, elle fend des bûches pour alimenter le poêle. Le bois est vital et il en faut de grandes quantités. Les hommes vont chercher les troncs sur les rives de la Léna et les rennes traînent les billons jusqu'au campement où ils sont. Liudmila est toujours active. Je suis un poids pour elle. Je suis un poids pour ces familles qui se préparent à quitter le camp pour des terres tout aussi hostiles, plus au sud, en remontant le cours de la Léna. On devrait y croiser des véhicules descendant en convois à Iakoutsk.

Je les quitterai alors et cette idée m'attriste. Si ma main et mes pieds ne me faisaient pas autant souffrir, je crois que j'aurais été heureuse ici. Mais si je ne me fais pas soigner rapidement, je devrai me faire amputer.

Hier soir, les familles du campement se sont retrouvées dans notre tipi – je dis « notre tipi » parce que j'ai l'impression de faire un peu partie du groupe. Les hommes ont réglé les derniers détails avant le départ. Anatoly ferait la trace avec la motoneige et les traîneaux tirés par les rennes suivraient. J'ai compris qu'il fallait deux heures pour démonter le campement et autant pour le remonter. J'étais très inquiète. Comment allais-je faire dans le tourbillon qui se préparait ? Je ne pouvais plus enfiler mes bottes.

Je me suis laissée glisser dans le flot des paroles et les vapeurs d'un plat de *taimen,* une espèce de saumon qui se pêche toute l'année dans la Léna. J'ai échangé longuement avec les amis d'Anatoly. J'ai été surprise par la connaissance fine qu'ils ont de leur territoire et de ses mutations en cours. Ils ne se font guère d'illusions quant à l'avenir de leur mode de vie. L'un d'eux a dit :

— Les Russes devraient retourner d'où ils viennent. Ils sont partout chez eux. Il y a des mines en exploitation et des projets de forages gaziers un peu partout dans la toundra. L'été, nos rennes pataugent dans la puanteur du pétrole qui s'échappe des puits de forage. Certaines bêtes s'y enlisent et se noient dans ces cloaques. Il faut arrêter tout ça. Avec d'autres éleveurs, nous sommes allés à Iakoutsk voir les responsables de la région. Ils nous ont répondu : « Et alors, vous voudriez qu'on fasse quoi ? Qu'on regarde l'Europe, la Chine et l'Amérique s'enrichir pendant qu'on se croise les bras, le cul posé sur d'immenses gisements pour que des types comme vous puissent élever des rennes et des chevaux ? Le réchauffement climatique est une chance pour l'Arctique. Ça représente des milliards de roubles. Il y aura des emplois, une économie portuaire, de la pêche. Une agriculture peut-être bien. Autant de bonnes raisons pour inciter des travailleurs à venir se geler les couilles en Sibérie. » Alexeï, un gars qui a un troupeau de mille cinq cents rennes, a dit : « Vous allez fracturer les couches les plus anciennes et le danger viendra de là ! Les bactéries et les virus survivent des milliers d'années dans la glace. L'anthrax nous frappe déjà, nous et nos troupeaux. Vous êtes tous des Poutine ! » Ils l'ont flanqué en prison pendant six mois. On a dû vendre une partie de ses bêtes et on s'est relayés pour aider sa femme à s'occuper des autres. Voilà comment on va tous finir, dans les geôles de Poutine ou dans des putains de bâtiments avec vue sur l'usine dans laquelle on devra travailler pour ne pas mourir de faim.

— Qu'est-ce que c'est l'anthrax ?

— Une maladie causée par une bactérie. Quand ses spores entrent dans les poumons, elles provoquent des hémorragies. C'est une arme bactériologique. J'ai entendu dire qu'elle inspirait pas mal de terroristes.

— Les rennes l'attrapent comment ?

— En pâturant près de la dépouille d'un animal infecté probablement. Avant, la toundra ne dégelait presque pas, maintenant, par endroits, c'est un marécage.

— Les mammouths aussi pourraient être porteurs de cette bactérie ?

— J'en sais rien. Il y a certainement des tas de saloperies qui n'attendent qu'une chose, qu'on les sorte de la glace pour se développer. Forer la toundra, c'est ouvrir la boîte de Pandore. Un jour, quelqu'un devra rendre des comptes, mais ce sera trop tard pour nous, pour l'Arctique…

— Les scientifiques avec lesquels j'étais ces derniers temps travaillaient sur ce sujet. Je crois que vous en savez autant qu'eux…

— Savoir ne suffit pas. Ce qu'il faut, c'est agir pour régler les problèmes !

Je me suis souvenue des paroles de Jens concernant la recherche et ses applications et je me suis dit qu'« agir pour régler les problèmes », c'est ce qui faisait la différence entre un Jens Kroh et un nomade iakoute.

*22 décembre 2017, campement iakoute, – 48°C*

Hier a été une journée étrange et difficile pour moi. J'ai patienté sous d'épaisses fourrures le temps que le *tchoum* soit démonté et les perches de bois rangées dans un traîneau. Un vent glacial courait sur le sol. Les quatre enfants du campement jouaient dans un ciel crépusculaire, sans se soucier de la morsure du froid. Ils ont entre cinq et sept ans. Liudmila m'a dit que les plus grands étaient en pension et qu'ils ne retrouvaient le campement que deux fois l'an. Engoncés dans leurs vêtements en peaux de renne, ils se dandinaient à la façon des manchots. Au fond de leur capuche, je voyais leurs pommettes rondes et rouges comme des pommes et leur large sourire. Les chiens n'étaient pas en reste. Ils piaffaient d'impatience et s'enthousiasmaient des heures à venir. Anatoly m'a installée dans son *narta*, un traîneau en bois tiré par trois rennes. Liudmila menait son propre attelage en chantant. Nous sommes descendus sur la Léna. Anatoly s'est avancé d'une centaine de mètres vers le milieu du fleuve. La glace était vitreuse, couverte d'un réseau complexe de zébrures et pleine de bulles d'air. C'était surprenant de glisser sans effort sur cette surface plane lustrée par les vents polaires.

La glace émettait des sons étranges. Une musique de cordes tendues. Anatoly m'a dit que les véhicules roulaient là, assez près de la rive, parce que la glace y était plus solide qu'au milieu du fleuve. Je pensais trouver des traces de roues, un signe tangible que des véhicules passaient par là, mais je n'ai rien remarqué. Le vent, le crissement du traîneau sur la glace et le halètement des rennes donnaient vie à la nuit polaire.

En milieu de journée j'ai fait un malaise. Je n'ai retrouvé mes esprits qu'après de trop longues heures. Dans des brumes léthargiques, j'ai entendu Liudmila psalmodier des incantations et les rythmer avec un tambourin. Anatoly et les femmes du campement étaient regroupés autour de moi. J'ai pensé un instant que j'assistais à ma propre veillée mortuaire…

*23 décembre 2017, village de Kyusyur, – 46° C*

Kyusyur, à deux pas de la Léna, ne compte pas plus d'une dizaine de maisons. L'obscurité est poisseuse, le ciel à ras de terre. C'est difficile à supporter une nuit qui étire ses pans jusqu'aux confins de la raison. Pourtant, c'est une nuit assez claire, sans fard. La lumière de la pièce efface ses contours et apaise mon angoisse. Par la fenêtre, je vois deux taches jaunes se déplacer. C'est Anatoly et son ami qui inspectent l'état des glaces sur la rive du fleuve. Anatoly lui a demandé de me conduire à l'hôpital avec sa voiture. Iakoutsk est à trois jours de route, quatre parfois, rien n'est jamais certain ici et les heures me sont comptées.

Allongée dans le traîneau tracté par la motoneige, j'ai beaucoup souffert pendant le trajet. Ma main est noire et boursouflée par d'affreuses cloques. Mes jambes sont enflées jusqu'aux genoux, je ne peux plus me lever et une odeur nauséabonde se dégage de mes pansements. Une vive douleur irradie de ma nuque jusqu'au sommet de mon crâne. J'ai des nausées et les vertiges ne me quittent plus. J'ai parfois l'impression d'être sur *Yupik* lors de la terrible tempête qui nous a terrassés. Ça me déprime. Je pense à

Noël qui approche, à sa débauche de lumières scintillantes et colorées. Je sens monter en moi un sentiment d'abandon. La douleur s'entasse sur toutes celles qui ont marqué mon existence et je sens bien que l'édifice vacille. J'ai peur. J'ai peur de la mort. J'aimerais que quelqu'un de proche prenne ma main. Hier soir j'ai saigné du nez, mais ça ne m'a pas inquiétée. Maintenant, j'ai de violentes douleurs à la tête et je me dis qu'il doit y avoir un rapport. Elles m'assaillent par vagues et me laissent pantelante. J'ai vraiment du mal à écrire ces lignes, mais si je m'arrête je crains de ne plus pouvoir reprendre. Je n'arriverai jamais à Iakoutsk.

Elena, tu m'as montré le chemin. Je vais employer le peu d'équilibre et de force qui me reste pour le suivre.

Loup, mon compagnon de route, je veux croire que tu m'accompagnes encore. Je vais attendre que les hommes se couchent et j'irai m'allonger dans le capitonnage de velours blanc de la toundra.

Zora, ma Belette, je te reviens. Est-ce que tu me vois, perchée tout là-haut, au sommet de la mappemonde ?

Jeanne, je te confie ce carnet. J'ai donné des consignes à Anatoly. Si par chance il arrive jusqu'à toi, tu trouveras sûrement un moyen de le faire parvenir à mon frère Sacha. Je compte sur toi.

*11 janvier 2019, matines de Beata*

Il est minuit. Dom Joseph est un peu en avance. Après deux jours de repos, il ne pouvait se permettre d'être en retard. Il tourne en rond devant la chapelle. Ses jambes tremblent et son corps entier lui fait mal. Dom Joseph est peu vêtu sous sa tunique. Il veut se rapprocher d'Anna. Dans la douleur et le froid mordant, il implore son pardon. Il a beaucoup de mal à poser sa voix sur les cantiques. Il marmonne plus qu'il ne chante et l'harmonie générale du chœur en est affectée. Les moments où il faut s'asseoir lui sont pénibles parce que les cilices forent ses chairs chaque fois un peu plus profondément. Agenouillé, il supporte mieux leurs morsures. Les deux heures de l'office lui paraissent interminables. En sortant de la chapelle, un moine se cogne contre lui et murmure :

— *Tabula.*

Dom Joseph reste un instant interdit par cette annonce, tandis que le maigre flot des Chartreux s'écoule autour de lui dans le silence et l'indifférence. Puis il se dirige vers le flanc nord du pavillon à la toiture presque verticale. Un mot est effectivement glissé dans sa case du *tabula,* un tableau en bois portant le nom de chaque moine. C'est par ce moyen ancestral que le Prieur et son conseil communiquent avec la communauté. Dom Joseph remonte avec le message à la main et attend d'être dans sa cellule pour l'ouvrir.

*Dom Joseph,*

*J'ai échangé avec le Père Maître des novices qui nous dit tous tes efforts pour parvenir à discerner ta vocation. Mais il nous semble que depuis quelque temps, des pensées étrangères à notre idéal te détournent de la prière. Dans notre vie contemplative, rien ne peut l'emporter sur l'esprit de prière. Le chapitre général et le supérieur général de l'ordre souhaitent te rencontrer ce jour, une demi-heure après les matines, dans la salle du chapitre. Dans l'amour du Christ et de l'ordre,*

*Prieur Dom Charles-Marie*

Dom Joseph grimace. Ça ne lui est pas agréable cette convocation, mais tout lui est égal désormais. Il reprend le carnet et relit la dernière page. Il ne reverra plus Anna et cela le mortifie. Elle repose quelque part dans la toundra sibérienne et, comme pour Zora, il est partagé entre une réelle et profonde tristesse et un apaisement tiré de ce malheur. Pour autant, cela ne vidange pas sa conscience, ne fait pas taire sa culpabilité. Elle se nourrit au contraire de ce nouveau drame. Dom Joseph tourne machinalement la dernière page, une page blanche comme l'hiver arctique, une page qui n'ouvre sur rien. Anna s'est tue à jamais.

Dans la reliure en cuir, il trouve, pliée en quatre, la « Lettre à l'éléphant ». Une petite enveloppe est collée derrière, contre la couverture du carnet. Il va chercher son couteau et la décachette précautionneusement. Y découvre un feuillet plié en deux. Quand il le sort, une fine poussière s'échappe, grise comme de la farine de seigle. Il souffle dessus, l'ouvre et lit : « Je ne suis pas venu apporter la paix, mais le glaive en ce monde. Évangile selon Matthieu 10,34. » La phrase n'est pas manuscrite. Ce n'est donc pas Anna qui l'a écrite. Elle inquiète Dom Joseph. Qui se cache derrière ce qui sonne comme une sentence? La femme qui lui a remis le carnet? Le temps n'est pas à la béatitude.

À deux heures vingt, il descend à la salle du chapitre, là même où il a été admis comme novice. C'est aussi le lieu de la confession et l'endroit où l'on reçoit ses pénitences. L'épreuve du couloir est encore plus angoissante à cette heure inhabituelle. Son souffle est court. Il a retiré le cilice qui lui ceignait la taille et le cordon de chanvre afin de gagner en attention. Celui qui enserre sa cuisse est plus supportable.

Il avait le souvenir d'une pièce austère, mais au cœur de la nuit glaciale de janvier, la salle capitulaire est bien pire encore. Il fait face aux supérieurs qui ont tous revêtu la lourde pelisse de laine des moines. Le silence tourne dans l'imposante pièce voûtée et bruit comme un ruisseau au printemps. Dom Joseph n'est pas inquiet de ce long prélude à l'entretien. Tout passe par le silence. Il observe les arches supportant la nef. À trop les observer, il est pris d'un vertige. À moins que ce ne soit ce qu'il vient de remarquer à droite de l'autel. Il ferme les yeux un instant, pour être bien sûr de ce qu'il vient de voir. Sur un culot de voûte, un bouc ailé aux pieds fourchus est sculpté.

Accroupi derrière lui, un impie lui embrasse l'anus. L'*osculum infame,* le baiser de la honte, l'allégeance au diable dans le rite du sabbat. Il sent sa raison vaciller. La voix du Prieur lui parvient comme sortant d'une caisse de résonance :

— Le silence, pièce maîtresse de notre oraison, rend parfois insurmontables les déviances qui affectent certains d'entre nous. Notre devoir est de les accompagner. Joseph, pourquoi vouloir endurer dans la meurtrissure de tes chairs la rédemption que ton esprit te refuse ? Nous pouvons t'accorder ce pardon, par la grâce de Dieu le Père.

C'est à peine si Dom Joseph tient debout. Sa respiration est de plus en plus difficile. Il n'y aura pas de pardon. Au fond de lui, il le sait. Il le sait depuis la première caresse, le premier baiser volés à Zora. Il s'abandonne avec horreur aux démons. Il sent les flammes de l'enfer s'engouffrer en lui. Une quinte de toux l'étouffe. Il crache du sang. Le Prieur se lève, Dom Joseph s'écroule.

*11 janvier 2019, prière des morts*

Le Prieur est entré seul dans la cellule de Dom Joseph. Il en a fait le tour avec un linge sur la bouche et le nez. Il a trouvé le carnet d'Anna sur la table, avec l'enveloppe et le message posé à côté. Avec une baguette de bois, il a écarté prudemment le message, puis utilisé la baguette pour feuilleter le carnet. Quand il a eu terminé, il a ouvert le poêle et jeté carnet et message au feu. En sortant, il a demandé à un frère menuisier de condamner la cellule. Il a aussi demandé qu'une tombe soit creusée sans attendre. Ensuite, il est allé prier jusqu'au lever du jour dans la chapelle des morts, seul. Dom Joseph y reposait sur une simple planche d'épicéa. Sa cuculle, les manches ainsi que le bas de sa tunique blanche avaient été cloués dessus, comme c'est l'usage. Avant de le quitter, le Prieur lui a adressé un dernier message :

— Dom Joseph, je ne crois guère en la justice divine sur cette terre. Dieu reconnaît les siens quand ils arrivent à lui.

À l'heure de l'angélus, dans l'aube noire, les moines se regroupent dans le cimetière. Ils se tiennent à bonne distance du corps parce qu'on leur a dit que la maladie de Dom Joseph pouvait être contagieuse.

Les frères convers se sont relayés une bonne partie de la nuit pour creuser le sol gelé. La terre a souillé la neige et leurs tuniques. Deux frères attendent un signe pour déposer la dépouille dans la fosse, devant laquelle seule une croix nue de bois noir a été plantée. Ils portent un masque étanche, de ceux qu'ils utilisent pour nettoyer les cuves d'alcool. Cet alcool qui apporte à la communauté son indépendance financière. La prière est brève. Il fait froid, vraiment très froid. Un froid de loup. Les moines ne se font pas prier pour quitter les lieux. Pas un mot n'est prononcé. Le silence est une louange. Il conduit à Dieu et Dieu seul peut juger.

*11 janvier 2019, Saint-Pierre-de-Chartreuse*

C'est un matin magnifique. Un de ces matins qui donnent à penser que les tourments et les drames ont quitté ce monde pendant la nuit. Le ciel est bleu, la lumière vive et la neige étincelante. Elle renvoie par ricochets des myriades d'éclats qui viennent aiguillonner les rétines. Le froid est vif. Beaucoup moins qu'en Arctique bien sûr, mais tout de même bien mordant. Jeanne a lu moins quatorze degrés sur le thermomètre de la terrasse de sa chambre d'hôtes. Elle glisse les branches de ses lunettes de soleil sous son bonnet. Les arbres plient sous le poids de la neige. Dans les immenses étendues qui courent jusqu'à d'abruptes falaises s'ébattent trois chevaux. Ils jouent comme des enfants. Se lancent dans des galops effrénés qui soulèvent des gerbes de neige, se mordent l'encolure et hennissent leur joie d'être là. Il y a de la vie, une vie puissante et enivrante. Jeanne rentre prendre son petit déjeuner.

— La journée s'annonce splendide. Vous n'avez vraiment pas eu de chance avec la météo ces derniers jours. Il y a un groupe qui part faire une randonnée en raquettes, vous pourriez vous joindre à eux !

— Merci, mais je dois vraiment rentrer.

— C'est vraiment dommage de ne pas profiter de ce soleil. Je vous apporte votre café.

— Merci. J'ai entendu des cloches sonner à l'aube, c'étaient celles de l'église ?

— Non, celles du monastère. Ça m'a surprise aussi. Elles sonnaient le glas. Un des moines nous a sûrement quittés cette nuit. Ce n'est pas un jour pour mourir. C'est toujours triste. Paix à son âme.

Jeanne a pensé qu'il n'y avait pas de bon jour pour passer de vie à trépas et qu'en fonction du défunt il n'y avait pas nécessairement matière à s'apitoyer.

— Un moine âgé sans doute ?

— Rien de moins sûr. Tenez, il y a trois ans, c'est un jeune novice de vingt-cinq ans qui est mort d'une tumeur au cerveau. On se demande pourquoi Dieu inflige de telles souffrances à des jeunes gens qui ont tout abandonné pour lui. Des êtres pieux, ascètes, pleins de charité, obéissants et tout…

Jeanne a bien une réponse à la question, mais elle préfère la garder pour elle.

— L'annonce des décès est généralement affichée sur la porte du monastère, mais on saura qui c'est dans le journal de demain.

Jeanne se demande quelle importance cela peut bien avoir parce que personne ne connaît les moines de la Grande Chartreuse. Ils sont là sans être là. L'homme et la foi sont deux mystères.

Après avoir jeté son sac dans sa voiture, Jeanne reçoit un message de Margot : « Je suis passée chez toi, mais il n'y avait personne. Une semaine que je n'ai plus de nouvelles. Je serais bien allée faire un tour en montagne. Appelle-moi si tu es dans le coin. » Margot travaille, comme elle, dans un laboratoire de l'université Grenoble-Alpes. Elles se voient fréquemment depuis l'expédition.

À son retour, Margot a sombré, broyée par une phase dépressive comme *Yupik* par les glaces. Après qu'Erwan eut lancé l'appel de détresse, les Russes ont déployé des moyens hors normes pour leur sauvetage. Une troupe d'élite a même été parachutée sur l'île Jokhov, en pleine nuit polaire. Une première mondiale. Un hélicoptère est arrivé quelques heures plus tard. Un sauvetage filmé et parfaitement orchestré. De quoi alimenter en images les journaux télévisés du monde entier et affirmer l'hégémonie russe sur ce territoire, ainsi que sa capacité militaire à intervenir en zone polaire. Au final, l'expédition Arctic Ocean Protect a été un fiasco. La perte du bateau, le décès de deux membres de l'expédition et la disparition de la journaliste Anna Liakhovic ont fait la une des médias pendant plusieurs semaines. Après l'euphorie de la découverte de la lance et du corps du chasseur de mammouths, certains médias n'ont pas hésité à faire un rapprochement avec la « malédiction de Toutankhamon ». Tous les prélèvements ont été perdus. Même la dépouille du chasseur-cueilleur s'est volatilisée, sans que les Russes fournissent d'explications convaincantes. Jeanne et Margot ont eu le temps de revenir sur ces événements. Il y avait dans la glace, dans le sang du chasseur de mammouths peut-être bien, quelque chose d'essentiel. Un élément propre à mettre un frein au développement programmé pour l'Arctique. À effrayer la planète entière ? Jens l'avait anticipé et c'est probablement ce qui l'avait conduit à ne pas vouloir communiquer sur le virus découvert par Jeanne. Il était ce qu'il était, mais personne ne peut nier que c'était un grand scientifique. Margot a gardé cependant d'excellents souvenirs des semaines d'hivernage passées sur *Yupik* en compagnie d'Erwan. Mais la disparition d'Anna, apprise à son retour à Tiksi, l'a durablement affectée. Que personne ne lui soit venu en aide a laissé chez elle des cicatrices qui tempèrent sa joie de vivre et le dynamisme qu'elle déployait sur le bateau. Ça et la difficulté à s'inscrire dans un cycle de vie classique après cette expérience.

Jeanne prend la direction du monastère de la Grande Chartreuse. Le chemin qui y conduit est vierge de toute trace de pas. Seuls quelques cerfs ont laissé leurs empreintes. La neige n'est pas trop épaisse dans la forêt d'épicéas. Les écureuils sont nombreux à batifoler dans les branches. Des traits de lumière zèbrent les frondaisons. L'hiver sait mordre comme il sait envoûter les sens. La porte du monastère, austère, ne porte aucune annonce. Jeanne poursuit sa promenade dans les bois, avant de redescendre vers Grenoble.

*13 janvier 2019, Grenoble*

Jeanne lit les pages concernant Saint-Pierre-de-Chartreuse dans *Le Dauphiné libéré.* Elle fait cela depuis deux jours. Ce matin du 13 janvier, un bref article annonce que Dom Joseph, moine chartreux né Sacha Liakhovic, âgé de vingt-neuf ans, s'est éteint au monastère de la Grande Chartreuse des suites d'une pneumonie. Ça fait sourire Jeanne. Elle prend une feuille de papier sur laquelle elle écrit :

*Anna,*

*La lecture de ton carnet de voyage a été une épreuve. J'aurais aimé être là pour toi. Je t'ai souvent demandé : « Qu'attends-tu de moi, en me confiant ce carnet ? » mais tu ne m'as jamais répondu… Le faire passer à ton frère ne me semblait pas être ta seule motivation, alors je me suis efforcée d'être toi, de faire mienne ta pensée.*

*Pour Maude, j'ai vérifié. Ça m'a demandé de la patience et du temps, mais j'ai fait ça. Zora et elle étaient copines à la piscine. J'ai compris que c'est Romane qui l'accompagnait parce que sa mère ne voyait pas qui tu étais. Elle s'est dans un premier temps refusée à donner du crédit à ce que tu mentionnais dans ton carnet et je dois dire que j'étais assez en phase avec elle. Mais le doute est parfois aussi pesant que la vérité. La petite Maude n'a pas su donner de nom. Juste des lieux et les actes subis. Qui sont les autres petites victimes (parce qu'il y en a d'autres, j'en suis convaincue)?*

*Je m'épuise dans des randonnées interminables, je repousse mes limites pour atteindre cet état de conscience qui me connectera avec toi. Je te cherche partout. Je parle aux renards, aux marmottes et aux oiseaux…*

*Anna, dis à Zora que j'aurais aimé la connaître et repose en paix. Tout est réglé.*

Jeanne glisse la coupure de journal et le feuillet dans une bouteille en verre couleur olive. Une solide bouteille avec un bouchon hermétique. Et, depuis la passerelle Saint-Laurent, elle la jette dans l'Isère.

*Découvrez le début du nouveau roman de Patrice Gain :*

# *Les Brouillards noirs*

ROMAN

ALBIN MICHEL

# 1

Je me souviens de ce jour comme si c'était hier. Un dimanche d'octobre, le premier du mois. J'étais dans un des villages côtiers de la presqu'île de Crozon, avec le quatuor que j'avais intégré huit mois plus tôt, pour un concert dans une chapelle offerte à tous les vents. Le dernier d'une tournée de six représentations dans l'ouest de la France. Quand le téléphone a coassé, j'ai laissé le batracien s'époumoner sur la table de nuit de ma chambre d'hôtel. Je n'étais pas d'humeur à échanger avec qui que ce soit. Je n'aime pas les dimanches. Je ne les ai jamais aimés. Ils se ressemblent tant, égrènent l'ennui, le poissent. Je traîne cette affliction dominicale quels que soient le lieu et les éventuelles personnes qui l'accompagnent. Un boulet hérité de mon adolescence et de l'obligation que j'avais de m'endimancher, d'assister à l'office et aux rituels familiaux. C'est l'idée que je m'en suis fait. J'ai souvent été en butte à un subconscient cabossé par un tas de choses que je n'ai aucune envie d'examiner à la lueur du jour. Malgré de louables efforts, je n'ai rien pu faire pour m'en départir.

J'écoutais l'étonnante Dom La Nena, tout en feuilletant d'anciens magazines, pour tromper ma maussaderie. La raucité des cordes de son violoncelle s'accouplait crûment sa voix de velours et c'était douloureusement mélancolique. La musique m'a toujours fait office de calendrier. Je restitue le plus souvent les choses passées grâce à elle. Mon esprit errait de page en page comme un papillon de nuit en quête d'un coin de lumière où se poser. Mon portable a coassé une deuxième fois, puis une troisième. Je me suis levé sans entrain, un rien agacé par cette insistance à moins d'une paire d'heures du début du concert, en me promettant de remplacer ce chant de grenouille braillarde par une sonnerie moins inquisitrice. L'écran affichait une suite de chiffres qui n'éveillait rien dans ma mémoire. J'ai décroché en soupirant :

— Oui.

— C'est moi ! Il faut absolument que je te parle.

La voix a cinglé mon cerveau. J'ai bredouillé :

— Nathalie ?

— Je sais ce que tu es en train de te dire, mais il faut que tu m'écoutes.

— Alors c'est vraiment toi…

J'étais abasourdi.

— Ça fait presque onze ans… Merde, onze ans !

— Mets ça de côté et écoute-moi.

— Je ne sais pas si tu te rends bien compte !

— Dans quelle langue il faut que je te le demande ?

— Je pensais ne plus jamais entendre le son de ta voix…

— T'as pas changé. Je ne sais même pas pourquoi j'ai conservé ton numéro. On ne peut jamais compter sur toi. On n'a jamais pu.

Puis elle a raccroché. Je suis allé à la fenêtre. La mer était partout. Une mer qui haletait et battait mollement le quai sur lequel étaient perchés cinq bateaux de pêche aux couleurs pastellisées par les éléments et le labeur. Un essaim de contractions s'est lancé à l'assaut de mon épine dorsale et a fait connexion avec ma poitrine en m'infligeant de fulgurantes douleurs intercostales qui étaient autant de coups de couteau.

Nathalie était mon ex-femme. En cette année 2018, il y avait onze ans, huit mois et quatorze jours qu'elle avait coupé tout lien avec moi. Je ne connaissais que trop bien ses emportements verbaux et ses mouvements d'humeur. « On », c'était elle et notre fille, Maude. Après notre séparation, Nathalie avait attendu d'en obtenir la garde pour s'évaporer avec elle sans laisser d'adresse. Maude avait alors douze ans. Les semaines qui avaient précédé le divorce, dans le bureau de la juge, elle avait utilisé la même rhétorique : « On ne peut jamais compter sur lui », « Il n'est pas fiable, il n'est jamais là ! », « Ni moi ni sa fille ne faisons partie de sa vie ». Ça et : « Il faut qu'il arrête de boire. J'ai fait tout ce que je pouvais pour l'aider, mais je ne peux plus continuer, c'est au-dessus de mes forces. » Le plus difficile à supporter était que Maude tenait le même discours. Toutes ces allégations ne reposaient sur rien de tangible, enfin, surtout celles me prêtant une propension à l'ivresse. J'étais totalement désemparé par ces attaques pléthoriques, plus encore quand c'était Maude qui me les assénait : « Papa, arrête de boire ! » disait-elle en imitant sa mère, toujours en présence d'amis. Par deux fois elle avait d'autorité retiré la carafe de whisky posée sur la table pour aller la ranger et, une autre fois, elle était allée vider dans l'évier de la cuisine la bouteille de sauternes que nous venions d'entamer. L'humiliation avait été telle que je n'avais rien su produire d'autre qu'un sourire embarrassé. Mes invités étaient ces jours-là, comme souvent, des collègues de l'Orchestre national de Lyon. Les musiciens aiment volontiers se retrouver autour d'un verre après les concerts ou les répétitions pour évacuer le stress scénique et l'anxiété de la performance, mais rien qui ressemble de près ou de loin à une addiction, du moins pas pour tous.

Chacun fait de son mieux pour avancer sans se faire piéger par des tremblements erratiques qui viendraient trahir une consommation excessive et ruiner une carrière aussi ténue qu'un fil de soie. Cette mécanique érosive, lente et puissante comme la meule d'un moulin à vent, avait eu raison de mon psychisme. Dans les jours précédant le jugement, Nathalie m'avait dit qu'il était inenvisageable qu'elle puisse me confier la garde de Maude ne serait-ce qu'un week-end, que j'étais beaucoup trop instable pour qu'elle puisse me faire confiance. Elle m'avait laissé entendre qu'elle irait jusqu'à m'accuser d'attouchements sexuels pour obtenir gain de cause. Elle avait dit ça comme un autocrate promet le feu nucléaire à ceux qu'il veut asservir.

Le divorce prononcé, ma vie ne ressemblait plus à rien. J'ai perdu mon job. Tout est allé très vite. Une vertigineuse dégringolade. Secoué de toute part, je prenais des coups sans jamais avoir la force de me relever. J'étais alors violoncelliste solo à l'Orchestre de l'opéra de Lyon. J'avais fait un tas de sacrifices pour en arriver là : des études au conservatoire de Paris, puis de Genève (que j'avais quitté avec un prix de virtuosité). Ensuite, j'avais suivi différentes classes de maître avant d'intégrer l'Orchestre de chambre d'Europe et enfin celui de Lyon.

Les psys m'ont dans un premier temps expliqué que j'avais été victime d'un SAP, un syndrome d'aliénation parentale ou, dit plus simplement, d'une campagne de dénigrement menée par mon ex. Mais c'était trop tard, je m'étais enfermé dans les miasmes de la dépression. Mettre un nom sur mes maux n'avait pas suffi à me redonner goût la vie. Apprendre que Maude devait tout autant être sous l'emprise de sa mère n'avait pas été de nature à occulter mes cauchemars. Comment avais-je bien pu être aussi naïf ? La musique est un art exigeant, je n'avais que cela à avancer pour tenter de colmater mon aveuglement, ma propension à me laisser entraîner vers le néant, à me faire dépouiller de ce qui faisait ma raison d'être. Et puis cette explication s'est érodée au fil des consultations. Le jour s'est levé quand j'ai dit ma peur de la scène. Les attaques de panique avant les concerts, la tension extrême avant que le son de mon violoncelle ne résonne seul après les envolées de l'orchestre. Quand on joue dans le rang, on est un arbre de la forêt, existant dans la puissance occultante de la masse. Mais le soliste, derrière quoi pourrait-il se cacher ? Il est offert en pâture au public avec en lui la menace de la fausse note, de l'égarement sur le fil de la partition. J'ai avoué ma consommation de bêta-bloquants et d'anxiolytiques avant d'affronter le public, les lignes de coque pour faciliter mon retour à la normale. J'avais cru pouvoir contourner les choses plutôt que de les affronter. La vie est une fausse note. Elle en est truffée. Penser autrement, c'est passer à côté de son existence et c'est précisément ce que j'avais fait durant les trois années qui avaient précédé notre séparation. Ma fausse note, c'était d'avoir cherché à être ce que l'on voulait que je sois, performant et compétitif. Je m'étais écarté de tout ce que j'aimais comme de ceux qui m'aimaient, concert après concert. Je n'ai pas souvenir d'avoir échangé avec Nathalie sur ce sujet. Elle ne posait aucune question, ne semblait pas inquiète ou préoccupée. Quand j'évoquais à mots cachés ce qui me rongeait, elle me répondait avec la délicatesse d'un pied-de-biche forçant un coffre en bois. Je crois qu'elle s'était construit une vie en parallèle et qu'elle cherchait un moyen de me fuir avec notre fille. Je lui avais donné, jour après jour, le bâton pour me faire battre. Je suis sorti de l'obscurité tel que j'y étais entré, vulnérable et fragile, mais j'en avais pris conscience et cette acceptation faisait toute la différence.

Du même auteur :

*Les Brouillards noirs*, Albin Michel, 2023.

*Le Sourire du scorpion*, Le Mot et le Reste, 2020 ; Le Livre de Poche, 2022.

*Terres fauves*, Le Mot et le Reste, 2018 ; Le Livre de Poche, 2020.

*Denali*, Le Mot et le Reste, 2017 ; Le Livre de Poche, 2021.

*La Naufragée du lac des Dents blanches*, Le Mot et le Reste, 2014.

Le Livre de Poche s'engage pour l'environnement en réduisant l'empreinte carbone de ses livres. Celle de cet exemplaire est de :
250 g éq. $CO_2$
Rendez-vous sur www.livredepoche-durable.fr

PAPIER À BASE DE FIBRES CERTIFIÉES

Composition réalisée par Lumina Datamatics, Inc.

Achevé d'imprimer en janvier 2023 en France par
MAURY IMPRIMEUR – 45330 Malesherbes
Dépôt légal 1re publication : février 2023
N° d'impression : 266975
LIBRAIRIE GÉNÉRALE FRANÇAISE
21, rue du Montparnasse – 75298 Paris Cedex 06

89/6992/3